© EDITORIAL ANDRÉS BELLO
Av. Ricardo Lyon 946, Santiago de Chile

Registro de Propiedad Intelectual
Inscripción N° 109.619, año 1999
Santiago - Chile

Se terminó de imprimir esta primera edición
de 8.000 ejemplares en el mes de agosto de 1999

IMPRESORES: Productora Gráfica Andros Ltda.

IMPRESO EN CHILE / PRINTED IN CHILE

ISBN 956-13-1590-4

CHARLOTTE BRONTË

# JANE EYRE

ILUSTRACIONES DE
ANDRÉS JULLIAN

EDITORIAL ANDRÉS BELLO
Barcelona • Buenos Aires • México D.F. • Santiago de Chile

# NOTA SOBRE LA AUTORA

Charlotte Brontë nació en 1816 en Thornton (Yorkshire, Inglaterra), hija de un severo pastor anglicano que impuso rígidas normas en su hogar. Él consideraba pecaminosa cualquier forma de placer, por inocente que fuera, llegando al punto de hacer pasar hambre a su familia y quemar los zapatos y vestimentas de sus hijas si le parecían demasiado elegantes. La figura del padre fue un factor determinante en la formación espiritual de Charlotte, de sus cuatro hermanas y de su hermano Branwell.

Su infancia fue muy dura y no sólo debió sufrir la muerte temprana de su madre y una crianza sin cariño al lado de una tía, sino que además vio partir una a una a sus hermanas, víctimas de la tuberculosis; por otra parte, el hermano fue motivo de congoja hasta el día en que sus vicios lo llevaron a la tumba.

Se dedicó a la docencia, y en 1842 fue enviada junto a Emily a estudiar francés en el Pensionado Heger de Bruselas, de donde se vio forzada a volver al año siguiente por la muerte de su tía. Ingresó a la escuela belga Roe Head, cercana a su casa, y allí desempeñó un modesto cargo de maestra y conoció por primera vez el amor, que, aunque no correspondido, inspiró su primera novela, *El profesor*, que fue rechazada por los editores y sólo se publicó después del fallecimiento de la autora.

Con Anne y Emily compartió el gusto por la literatura y la creación artística. Juntas publicaron en 1846 el volumen de versos *Poesías de Currer, Ellis y Acton Bell*, que fue un verdadero fracaso en ventas. Anne escribió las novelas *Agnes Grey*, de evidente contenido biográfico, y *La castellana de Wilfell Hall*, además de una hermosa composición lírica, creada poco antes de morir.

Emily escribió *Cumbres borrascosas*, gran novela cuyo éxito se postergó debido a la abrumadora acogida que tuvo la obra *Jane Eyre*, de Charlotte, publicada en 1847 bajo el seudónimo de Currer Bell.

Tras la muerte de Branwell y, poco después, la de Anne y Emily, Charlotte Brontë descargó todo su dolor en los capítulos de una nueva novela, *Shirley*, editada en 1849, en la cual, sin embargo, también se permite algunas escenas humorísticas y otras de serenidad pictórica. En *Villette*, obra más madura, expresó toda la frustración generada por su amor no satisfecho.

Esta última novela apareció en 1853. Ese mismo año falleció su padre y Charlotte contrajo matrimonio con su asistente parroquial, el reverendo Nicholls. Pero el destino no quiso que esta escritora inglesa conociera la felicidad, y la debilidad acumulada en tantos años de sufrimiento le impidió resistir su primer embarazo, que le causó la muerte en 1855.

La desolación y la naturaleza agreste y salvaje en que vivió la autora están presentes con un realismo que es parte fundamental de su estilo narrativo. Ella y sus hermanas sentían una poderosa atracción por ese sombrío y árido paisaje, extrañado en la distancia y gozado plenamente en los años que pasaron junto a él. Quizás hay algo de identificación con esa naturaleza indómita, primitiva, que conmueve las pasiones. Y es esta la fuerza que caracteriza la obra de las hermanas Brontë, pasión contenida volcada luego con gran talento en sus libros.

Charlotte poseía principalmente dotes narrativas y con esas armas creó la novela trágica inglesa, de pocos personajes y con un ambiente localista, que a través de sus páginas conmueve por su intensidad y misteriosa poesía.

# CAPÍTULO I

Mi primer trimestre en la escuela Lowood me pareció un siglo, y no de oro precisamente. Fue para mí un tedioso esfuerzo por vencer serias dificultades para habituarme a nuevas normas y a insólitas tareas. El temor a fracasar me atribulaba más que la dureza de mi suerte.

Quedé huérfana muy pequeña y mi madre antes de morir me llevó a Gateshead donde su hermano, el señor Reed. Tampoco lo recuerdo a él, pues murió hace mucho tiempo, pero sí sé que pasé mis primeros diez años de vida a cargo de su esposa, la tía Reed, quien tuvo que prometer a su marido que cuidaría de mí igual que de sus hijos.

Debió ser terrible para ella verse obligada a cumplir una promesa que la forzaba a hacer las veces de madre de una niña extraña a la que no podía querer. Tampoco yo lograba quererla a ella ni a sus hijos, con los que peleaba constantemente, lo que me valía recibir crueles castigos.

Recuerdo en especial un día en que me escondí en la biblioteca para leer un libro ilustrado. Mis primos, John, Eliza y Georgiana Reed, jugaban en la pieza del lado y de pronto entraron en la biblioteca buscándome, pues pensaban que estaba haciendo algo indebido. Me encontraron leyendo y John dijo:

—Eh, madame Tonta, venga aquí.

Obedecí asustada.

—Dame ese libro, no tienes derecho a tomarlo. Dice mamá que eres una mendiga, que tu padre no te dejó ni un céntimo y que no puedes tocar estos libros porque son míos.

Se lo devolví, pero entonces él me lo tiró a la cabeza; me acertó y caí al suelo, muy adolorida.

—¡Eres un asesino! —grité—. ¡Un emperador de los romanos!

Yo había leído la historia de Roma y tenía formada mi opinión acerca de Nerón, de Calígula, y de otros.

Se abalanzó sobre mí y me agarró del pelo. Pero yo lo recibí enfurecida y le pegué con todas mis fuerzas. Me acusaron a la señora Reed, quien dijo que yo era un monstruo y me hizo encerrar en la temida pieza roja. Esta era una habitación fría y silenciosa, que rara vez se usaba, muy alejada del cuarto de los niños donde pasábamos la mayor parte del tiempo. Allí había muerto el señor Reed, hacía nueve años, y ésa era la razón de que permaneciera cerrada.

Allí me dejaron bajo llave, sentada en una banqueta con prohibición de moverme.

Me sentí dominada por el pavor y no sé cómo resistí las horas que estuve ahí. Me dolía la cabeza y todavía me sangraba por el golpe recibido. "¡Qué injusto!", pensaba. Tomé la resolución de huir de esa casa, o dejar de comer hasta morirme. No podía entender por qué tenía que sufrir tanto.

Empezó a oscurecer y la lluvia golpeaba fuertemente contra la ventana. Pensé en el señor Reed, y en mi desesperación vi luces y creí que se me aparecía su fantasma. Llorando a gritos y con el corazón que se me salía por la boca, corrí a la puerta y empecé a golpearla enloquecida. Pasó mucho rato hasta que oí chirriar la cerradura y apareció Bessie, la criada, asustada por mis gritos. Le rogué que me sacara, pero acudió la señora Reed y de un empujón me tiró de nuevo al suelo y volvió a encerrarme. Me desmayé.

Cuando desperté, al pie de mi cama junto a Bessie, estaba el boticario, a quien llamaban cuando se enfermaba alguna criada.

—¿Estoy enferma? —pregunté.

—Se enfermó en la pieza roja, de tanto llorar seguramente —contestó Bessie.

La oí que decía en voz baja a otra criada:

—Ven a dormir conmigo aquí, por favor. No quiero quedarme sola con esta pobre niña; tal vez se muera esta noche. La señora fue demasiado dura con ella.

Se quedaron las dos, pero se durmieron pronto. Yo, en cambio, no podía dormir. En esa larga noche de insomnio, fui dominada por el terror, ese terror que sólo pueden sentir los niños.

Al día siguiente me sentí mejor y poco a poco volví a la normalidad.

¿Cómo olvidar lo que sufrí en esa casa? La única persona que tenía compasión de mí era Bessie. Por ella supe que mi padre había sido un clérigo pobre, que mi abuelo Reed se enojó con mi madre cuando se casó con él, que un año después mi padre contrajo la fiebre tifoidea cuando visitaba a los enfermos de la parroquia, que mi madre se contagió y que ambos murieron con un mes de diferencia.

Por eso, cuando mi tía decidió enviarme a un internado de caridad, me sentí feliz, pensando que cualquier cosa era mejor que vivir con ella. Para completar su venganza, dio los peores informes respecto a mi carácter al dueño del establecimiento que llegó a buscarme.

—Señor Brocklehurst —le dijo—, creo haberle indicado en la carta que le escribí hace tres semanas que esta niña no tiene el carácter que sería de desear. Si la admite usted en la escuela Lowood me complacería que los profesores estuvieran sobre aviso para vigilarla estrictamente y, en especial, que estén prevenidos contra su peor defecto: su gran apego a la hipocresía y a la mentira. Lo menciono en tu presencia, Jane, para que desistas de engañar al señor Brocklehurst.

Razón tenía yo para temer y detestar a la señora Reed, porque era natural en ella herirme con crueldad. Esta acusación ante un extraño me heló el corazón. Comprendí confusamente que se disipaba cualquier rayo de esperanza en la nueva fase de la vida a que ella me destinaba.

—Deseo que sea educada de acuerdo con su futuro —continuó mi "bienhechora"—, y que sea humilde. Creo que usted logra inculcar esa y otras virtudes imponiendo a las muchachas de Lowood una estricta disciplina, manteniéndolas a todas con los cabellos peinados detrás de las orejas y vestidas con esos largos delantales, que las hace parecerse a los hijos de los pobres. Estoy segura de que es el mejor sistema para domar a una niña como Jane Eyre.

Cuando quedé sola con ella, hice acopio de energía y dije:

—Yo no soy hipócrita. Si lo fuera, le diría que la quiero, pero le digo que no la quiero. Después de su hijo John, usted es la persona que más detesto en el mundo. Y aquí los mentirosos son sus hijos y no yo.

—¿Tienes algo más que decir? —preguntó ella lanzándome una mirada de desprecio.

—Sí. Me alegro de que no sea pariente mía. Jamás volveré a llamarla tía mientras viva. Cuando sea mayor no vendré a verla nunca más. Le diré a todo el mundo la crueldad con que me encerró en el cuarto rojo y que me dejó ahí para que me muriera. Y usted me castigó cuando había sido su hijo malvado el que me pegó sin motivo. Se lo diré a todo el mundo. ¡Usted es una hipócrita!

La señora Reed me miraba atemorizada, parecía que fuera a llorar.

—Jane, estás equivocada. Yo quiero ser tu amiga.

—No es cierto. Le dijo al señor Brocklehurst que yo tenía mal carácter, pero yo le haré saber a todo Lowood lo que ha hecho usted conmigo.

—Tú no comprendes las cosas, Jane. A los niños hay que corregirles sus defectos.

—¡Pero yo no soy hipócrita!

—Eres impetuosa.

—Mándeme pronto a la escuela, señora Reed, porque detesto vivir aquí.

—Desde luego que te mandaré pronto —murmuró ella, y salió de la habitación.

Quedé sola, vencedora sobre el campo de batalla. Pero el gusto de la victoria era amargo.

De pronto sentí una voz clara que me llamaba. Era Bessie.

—¡Señorita Jane! ¡Venga a comer!

Me abracé a ella.

—Va a irse a la escuela, ¿no?

Asentí.

—¿No le da pena dejar a la pobre Bessie?

—¿Y qué le importo yo a la pobre Bessie? ¡Siempre me regaña!

—Pero la quiero. Y le tengo una buena noticia. Se va de Gateshead dentro de dos días. Procure ser una buena niña y no me tenga miedo.

Por la noche, Bessie me contó algunas de sus mejores historias y me cantó sus canciones más dulces.

# CAPÍTULO II

La tarde que llegué a Lowood me recibió la señorita Temple, una mujer de unos treinta años, de cabello oscuro y ojos negros y modales muy suaves.

—Es una niña muy pequeña —dijo, examinándome por unos instantes—. Que la acuesten luego, señorita Miller, pues parece cansada. Y sin duda ha de estar hambrienta.

Me preguntó si sabía leer, escribir y coser, y después me envió al comedor acompañada de la misma señorita Miller. No pude comer, pues la emoción me quitaba el hambre. A una orden todas las alumnas se levantaron de la mesa y se dirigieron al dormitorio. Yo las seguí y la señorita Miller me ayudó a desvestirme. Me quedé dormida de inmediato, en una total oscuridad.

Al despertar, vi que las demás muchachas ya estaban vestidas y oí que repicaba una campanilla. Hacía un frío tremendo y me vestí temblando. Entre campanilleos y gritos de la señorita Miller, entramos todas en fila a la sala de clase. A mí me instalaron al fondo. Durante una hora se leyeron capítulos de la Biblia y por fin sonó la campana que llamaba al comedor. ¡Qué alegría me produjo la perspectiva de comer algo!

El comedor era una sala sombría y espaciosa; encima de dos mesas largas humeaban ollas llenas de algo caliente que, con desaliento de mi parte, despedían un olor nada de apetitoso. De las filas de las muchachas mayores surgieron murmullos:

—¡Repugnante! ¡Otra vez se quemó la sopa!

Como ya me moría de hambre, devoré una cucharada o dos de mi porción sin fijarme en su sabor, pero una vez acallada la primera punzada del hambre, me di cuenta que lo que comía era un amasijo nauseabundo de papas podridas. Las ochenta muchachas reclamaron y hasta una de las profesoras expresó su desagrado.

El reloj anunció las nueve de la mañana y se dio por terminado el desayuno. Todas vestíamos iguales, traje pardo cerrado hasta el cuello, medias de lana y zapatones. Las profesoras me parecieron antipáticas, menos la señorita Temple, que se puso de pie en medio del comedor y dijo con voz clara:

—Esta mañana tuvieron un desayuno incomible, por lo que deben estar hambrientas. He ordenado que les den pan y queso en su reemplazo. Yo asumo la responsabilidad.

Se retiró y nos trajeron el alimento prometido. Mientras comíamos pregunté a la niña que se sentaba a mi lado, que se llamaba Helen Burns, por qué estaba escrito "Institución Lowood" a la entrada de la escuela.

—Porque es distinta a las demás escuelas —me contestó—. Esta es una escuela de caridad, tú y todas las que estamos aquí somos huérfanas y dependemos de la caridad ajena. Pagan por nosotros diversas señoras y caballeros de los alrededores. La señora Brocklehurst construyó este establecimiento y su hijo, que es clérigo anglicano, es quien dirige todo, él es el tesorero y el director.

—Yo creí que era la señorita Temple la directora.

—¡Ojalá! Ella tiene que rendir cuentas al señor Brocklehurst, él es quien compra la comida y nuestros vestidos. Se preocupa de todos los detalles y es muy mezquino, como ya viste con el desayuno. Aquí pasamos hambre todos los días y los castigos son terribles.

Pronto pude comprobarlo. El señor Brocklehurst entró a la sala de clase, me hizo subir sobre una silla y advirtió a todas las alumnas que yo era una malvada, que debían evitar mi compañía y que no les permitía jugar conmigo. Las profesoras debían castigar mi cuerpo para tratar de salvar mi alma.

—Esta niña —dijo— es una mentirosa. Me lo dijo su propia bienhechora, una piadosa señora que la adoptó caritativamente por ser huérfana; esta niña pagó esa bondad con tal ingratitud que su benefactora se vio obligada a alejarla de sus hijos, por temor a su mal ejemplo.

Se volvió hacia mí y dijo:

—Que permanezca en esa silla una hora más y que nadie le hable.

No existen palabras para describir lo que sufrí en ese momento, pero al salir todos de la sala, Helen Burns se acercó a mí y me sonrió. Sentí que la paz inundaba mi corazón y pude soportar este y todos los castigos y privaciones que siguieron.

# CAPÍTULO III

Con la llegada de la primavera disminuyeron las penalidades en Lowood. Cesaron las heladas y los vientos; mis pies hinchados y llagados, que me obligaban a cojear, comenzaron a curarse; ya podíamos jugar en el jardín, que se llenaba de flores.

Pero junto con la primavera se filtró en el Asilo de Huérfanas una epidemia de tifus, que transformó el colegio en hospital. Debido a la mala nutrición y a los resfríos mal atendidos, más de la mitad de las alumnas cayeron enfermas al mismo tiempo. Las afortunadas que tenían algún pariente o amigo fueron sacadas del foco infeccioso, pero muchas llegaron a sus casas con el tiempo justo para morir. Otras murieron en la escuela y las enterraron discreta y rápidamente.

Las que no sucumbimos a la epidemia disfrutamos plenamente de la libertad. No había clases y podíamos hacer lo que queríamos, pues el señor Brocklehurst no se asomó más por Lowood, por temor al contagio.

Mi amiga Helen Burns, debilitada por la mala alimentación y los maltratos, enfermó gravemente. Me dijeron que sufría de tisis, y en mi ignorancia me alegré creyendo que era algo benigno y que pronto sanaría. Pasé largas horas cada día a su lado hasta que comprendí que Helen se moría.

—Tengo fe en Dios, Jane, y me voy hacia Él, por eso estoy tranquila —me dijo un día.

—¿Volveré a verte, Helen, cuando me muera?

—Tú vendrás al mismo lugar de la felicidad y te acogerá Dios que es tu padre y el mío, no me cabe duda.

Tuvo un tremendo acceso de tos, pero cuando se calmó me dijo que me quedara con ella, que le gustaba tenerme cerca.

—Estaré contigo, nadie podría alejarme de tu lado —repuse.

—Buenas noches, Jane.

—Buenas noches, Helen.

Nos dormimos. Pero cuando desperté, alguien me llevaba en brazos de vuelta al dormitorio y me volví a dormir.

Al día siguiente supe que esa noche Helen había muerto y que cuando entró en su cuarto la señorita Temple nos encontró abrazadas en la cama. Yo dormía y ella estaba muerta.

# CAPÍTULO IV

Cuando el tifus concluyó su cometido devastador en Lowood, el número de víctimas atrajo la atención pública sobre la escuela. Se realizaron investigaciones respecto al origen de la epidemia y en forma gradual surgió la verdad, lo que provocó la indignación general. La insalubridad del lugar, la cantidad y calidad de la comida de las niñas, el agua fétida con que se cocían los alimentos, la mísera vestimenta y alojamiento de las alumnas; los crueles castigos que se imponían por cualquier cosa; todo fue descubierto y acarreó un resultado funesto para el señor Brocklehurst, pero favorable para la institución.

Varias personas adineradas aportaron las sumas necesarias para construir un edificio más adecuado y mejor situado. Se establecieron nuevas normas, se introdujeron mejoras en el régimen y en el vestir y se confió la administración de los fondos a un comité administrativo. El señor Brocklehurst siguió como tesorero, pero no como director. Se nombró a la señorita Temple en su lugar.

Pasé en Lowood ocho años, en los que mi vida fue monótona, pero no desgraciada. Adquirí una excelente educación y al terminar me confiaron el cargo de profesora que desempeñé durante dos años. Al término de ese tiempo, decidí cambiar el rumbo de mi existencia.

La señorita Temple se casó y abandonó Lowood. Al irse ella desapareció todo sentimiento de arraigo a ese lugar que yo pudiera tener. Pensé entonces que no me quedaba nada por hacer en aquel colegio y que era hora de buscar un trabajo.

Puse un aviso en el periódico, ofreciéndome para educar niños. Todos los días iba al correo para ver si había respuesta, hasta que finalmente llegó una carta que decía: "Si usted posee los conocimientos necesarios y buenas referencias respecto a su carácter y competencia, se le ofrece colocación en una casa donde tendrá una sola alumna. Su salario será de treinta libras al año. Se ruega contestar a la Señora Fairfax, Thornfield, Millcote".

¡Thornfield! Un nombre atrayente. Vi en el mapa que Millcote era un lugar muy cercano a Londres. Le comuniqué mi decisión a la directora y escribí a la señora Reed, pues ella era mi tutora. Su respuesta fue que yo podía hacer lo que quisiera de mi vida.

Al cabo de un mes envié a la señora Fairfax los certificados solicitados; ella quedó conforme y fijó un plazo de quince días para que comenzara mi trabajo de institutriz en su casa.

El día indicado, mientras preparaba mi equipaje, llegó a verme Bessie, la criada de la señora Reed. Me dijo que mi tía no era nada de feliz a causa de la conducta de sus hijos. Me contó que, hacía unos siete años, había ido a verme un tal señor Eyre. Cuando la señora Reed le dijo que yo estaba en la escuela a cincuenta millas de la casa, pareció hondamente decepcionado, porque no podía quedarse para verme. Dijo que viajaba hacia un país extranjero y que su barco zarpaba de Londres dos días después.

—Tenía aspecto de caballero —dijo Bessie—, creo que era hermano de su padre.

—¿A qué país se dirigía, Bessie?

—A una isla que está a muchísimas millas, donde hacen un vino especial, el mayordomo dijo que...

—¡Madeira! —exclamé.

—Eso es, no me podía acordar. No estuvo mucho rato en la casa, porque la señora se portó muy antipática con él y lo trató con desprecio.

Conversamos largo rato y después me acompañó hasta la estación. Allí ella tomó el carruaje que iba a Gateshead, y yo el que debía conducirme al encuentro de nuevas obligaciones y a un nuevo capítulo de mi vida, en las desconocidas cercanías de Millcote.

# CAPÍTULO V

Un nuevo capítulo en una novela es parecido a una nueva escena en una obra teatral. Cuando ahora miro hacia atrás, veo una habitación en la Posada George, en Millcote, con el típico empapelado que tienen las habitaciones de las posadas, la misma alfombra, el retrato del rey Jorge III y otro del Príncipe de Gales sobre la chimenea. Todo está iluminado por la luz de una lámpara de aceite que cuelga del techo y por la que sale del fuego, junto al cual estoy sentada, envuelta en mi capa. Trato de luchar contra el frío de dieciséis horas de viaje calentándome los pies y las manos, que tengo helados. Aunque parezca que me encuentro a mis anchas, no estoy nada de tranquila.

Cuando el coche se detuvo, pensé que habría alguien aguardándome. Miré ansiosamente a mi alrededor al bajar del vehículo, esperando oír mi nombre o ver el coche que me llevaría a Thornfield. No vi nada de esto y cuando pregunté al mozo si alguien había preguntado por la señorita Eyre, me respondió negativamente. No me quedó otra alternativa que pedir una habitación, mientras en mis pensamientos se agitaban toda suerte de dudas y temores.

Para una joven inexperta es una sensación muy extraña sentirse sola en el mundo, aislada de todo lazo, insegura respecto a la llegada al punto de destino, imposibilitada de regresar al que abandonó. El encanto de la aventura dulcifica esta sensación, la luz del orgullo le da calor, pero el temor prevalece.

Transcurrió media hora de espera, y seguía sola. Toqué la campanilla.

—¿Existe en las cercanías un lugar llamado Thornfield? —pregunté al mozo que acudió a mi llamada.

—Lo ignoro, señora. Preguntaré en el bar.

Desapareció para reaparecer de inmediato.

—¿Es usted la señorita Jane Eyre?

—Sí.

—Alguien la espera.

Me puse de pie rápidamente, tomé mi paraguas y eché a andar de prisa por el corredor. Junto a la puerta abierta había un hombre, y en la calle distinguí vagamente un coche tirado por un caballo.

—¿Es éste su equipaje? —dijo el hombre con bastante rudeza cuando me vio, señalando el baúl en el pasillo.

—Sí.

Lo subió al carruaje y yo también entré en él. Antes de que cerrara la portezuela, le pregunté a qué distancia estaba Thornfield.

—Unas seis millas.

—¿Cuánto tardaremos en llegar allá?

—Una hora y media aproximadamente.

Emprendimos la marcha. Nuestro avance era lento y me dio tiempo sobrado para reflexionar. Me sentía feliz de estar por fin tan cerca del término de mi viaje.

"A juzgar por la sencillez del criado y del carruaje —pensé—, la señora Fairfax no debe ser persona ostentosa; mejor así. No podía olvidar que cuando conviví con gente rica lo pasé muy mal. ¿Vivirá sola con mi alumna? Si es un poco amable, probablemente me llevaré bien con ella. Por mi parte haré todo lo posible. En Lowood me lo propuse y logré agradar, pero con la señora Reed no tuve éxito. Dios quiera que la señora Fairfax no sea una segunda señora Reed. En todo caso, no estoy obligada a pasar la vida con ella. En el peor de los casos, puedo poner otro anuncio."

Miré al exterior. Millcote quedaba a mi espalda; a juzgar por el número de sus luces parecía ser un lugar de mucha importancia. Observé que la región era bastante diferente a Lowood, más populosa, menos pintoresca, más sugestiva, menos romántica.

Los caminos eran difíciles, la noche neblinosa.

—Ya no estamos lejos de Thornfield —dijo el cochero volviendo la cabeza hacia mí.

Me asomé de nuevo. Pasábamos ante una iglesia. Distinguí su elevada torre recortada en el cielo y oí su campana que anunciaba el cuarto de hora; también vi una angosta fila de luces en la ladera de una colina, indicando la presencia de un pueblecito o villorrio. Diez minutos después, el cochero descendió y abrió un par de grandes verjas. Las cruzamos y ascendimos lentamente por un sendero que nos llevó a la parte delantera de una casa donde brillaba luz en una ventana; todo lo demás estaba a oscuras. El carruaje se detuvo ante la puerta principal. Descendí y entré en la casa.

—Pase por aquí, señora —me dijo la criada que

me abrió la puerta y la seguí a través de un amplio vestíbulo rodeado de varias puertas.

Me condujo a una habitación pequeña y acogedora, iluminada con candelabros de velas y donde relumbraba el fuego de la chimenea. Junto a ella, en un sillón de respaldo alto, sumamente anticuado, se hallaba sentada una señora pequeñita vestida de negro y con un delantal muy blanco. Estaba tejiendo y a sus pies dormía un enorme gato. El perfecto cuadro de paz que yo soñara. Cuando entré se puso de pie y acudió a mi encuentro.

—¿Cómo está, querida? —me dijo amablemente—. Debe tener frío, acérquese al fuego.

—¿La señora Fairfax, supongo? —dije.

—Sí, yo soy, siéntese, por favor.

Me llevó a su propio asiento.

—Leah —dijo a la sirvienta—, trae una taza de té caliente y unos bocadillos. Voy a ordenar que lleven el equipaje a su dormitorio.

No esperaba una acogida tan cordial. "Me tratan como a una visita", pensé, contenta. Yo esperaba frialdad y rigidez y encontraba este cálido recibimiento.

Cuando volvió la señora Fairfax le dije:

—¿Podré ver esta noche a la señorita Fairfax?

—Su nueva alumna es la señorita Varens, yo no tengo familia.

Quise preguntar más, pero pensé que no era correcto hacerlo, y ella prosiguió hablando, mientras se ocupaba de servir el té y los pasteles que nos trajera Leah en una bandeja.

—Estoy tan contenta de que haya venido —dijo—, será muy grato tener una compañía. Thornfield es un lugar hermoso, acaso algo descuidado en los últimos años, pero siempre hermoso. Sin embargo, me siento muy sola durante el invierno. Claro que Leah es una muchacha excelente, lo mismo que John, el cochero, y su esposa, pero no puedo conversar libremente con ellos, porque uno debe guardar las distancias para no perder autoridad. A principios de este otoño llegó Adèle Varens con su niñera. Una chiquilla da vida a una casa, y ahora que está usted aquí me siento feliz.

Le expresé mi deseo de que mi compañía fuera tan grata como ella esperaba.

—Pero no debo retenerla aquí hasta muy tarde esta noche —dijo sonriendo—, van a dar las doce y usted ha viajado todo el día. Debe sentirse cansada. Si ya se le calentaron los pies, la acompañaré a su dormitorio. Ordené que le prepararan el que está contiguo al mío. Es un cuarto pequeño, pero pensé que lo preferiría a las habitaciones espaciosas de la parte delantera, donde hay muebles más hermosos, pero que tienen un aspecto tan terrible y oscuro que me dan miedo y nunca duermo en ellas.

Le agradecí sus palabras y como realmente me sentía cansada, dije que deseaba retirarme. Tomó una vela y salimos del saloncito y me guió escala arriba. En la larga galería a que se abrían las puertas de los dormitorios, igual que en la escala, reinaba una atmósfera sombría y pesada, que sugería tristes ideas de soledad y abandono.

La señora Fairfax me acompañó hasta la puerta del dormitorio y se retiró. Me alegró ver que éste era pequeño y amoblado en un estilo moderno y sencillo.

Al quedar sola, me arrodillé junto al lecho, agradecí lo que Dios me ofrecía en esta nueva situación y le imploré su ayuda para el futuro. Mi gratitud era inmensa, pues, al cabo de tan largo viaje, sentía haber llegado a un abrigo seguro. Estaba tan cansada que dormí profundamente.

# CAPÍTULO VI

Cuando abrí los ojos el día ya estaba avanzado. El dormitorio se veía tan lindo a los rayos del sol, con sus paredes empapeladas y su piso alfombrado, y tan distinto al de Lowood, que sentí que mi ánimo renacía. Lo exterior ejerce gran influencia en las personas jóvenes. Pensé que empezaba para mí una vida mejor que me brindaría flores y alegrías, y también espinas y penas.

Me levanté y me vestí con esmero. Aunque obligada a vestir modestamente, ya que toda mi ropa era sumamente sencilla, siempre trataba de tener un aspecto bien arreglado. Anhelaba verme lo mejor posible en la medida que lo permitiera mi falta de belleza. A veces lamentaba no ser más hermosa; me hubiera gustado tener mejillas sonrosadas, una nariz fina y bonita boca; ansiaba ser alta, elegante y de figura armoniosa. Consideraba una desgracia ser tan insignificante, tan pálida y tener unos rasgos tan irregulares y pronunciados.

Salí de mi cuarto para ir al encuentro de mi alumna; crucé la larga galería alfombrada y me detuve un instante en el vestíbulo a contemplar algunos cuadros colgados en las paredes, retratos de hombres vestidos con trajes antiguos, la mayoría con pelucas empolvadas. Me llamó también la atención una inmensa lámpara de bronce que pendía del techo y un reloj cuya caja de roble estaba negra por el paso del tiempo. Todo me parecía majestuoso y enorme, porque no estaba habituada a tanta magnificencia.

Había una gran puerta que daba al jardín, y hacia él salí. Desde allí examiné la casa. Tenía tres pisos, no era de grandes proporciones, pero sí muy espaciosa. Las almenas que rodeaban todo lo alto del edificio le conferían un aspecto pintoresco. Entre ellas pude ver una bandada de cuervos. Al notar mi presencia, empezaron a chillar y en un santiamén salieron todos volando y fueron a posarse en un extenso prado cuya cerca estaba formada por una hilera de viejos y nudosos espinos, que explicaban claramente el origen del nombre de la mansión (thorn field = campo de espinos). Un pequeño caserío, rodeado de montañas y semioculto por la arboleda, se extendía sobre la ladera de una de las colinas. La iglesia que divisara al llegar en medio de la niebla, estaba muy cercana a la mansión y su antigua torre asomaba entre la casa y las verjas. Las montañas, no tan altas como las de Lowood, eran cumbres sombrías y solitarias que parecían abrazar a Thornfield y sumirlo en un retraimiento insólito para mí, dada la proximidad de la bulliciosa localidad de Millcote.

Todavía me hallaba contemplando el paisaje y pensaba que era demasiado solitario para la señora Fairfax, cuando apareció ella en el umbral de la puerta.

—¿Le gusta Thornfield? —me preguntó acercándose.

—Muchísimo.

—Es un lugar hermoso, pero temo que se arruine a menos que el señor Rochester se resuelva a venir a vivir aquí. Las grandes fincas necesitan la presencia del propietario.

—Yo creía que usted era la propietaria de Thornfield —murmuré.

—Yo soy sólo el ama de llaves. Estoy emparentada con los Rochester, es decir mi esposo lo estaba porque la madre del actual señor Rochester era una Fairfax, prima segunda de mi marido. Pero a mí no me gusta alardear de este parentesco y solo me atengo a mis labores.

Así supe que esta buena y amable viuda era una subalterna como yo.

—¿Y mi alumna? —pregunté.

—Es pupila del señor Rochester. Él me encargó que le buscara una institutriz. Aquí viene ella, con su "bonne", como llama a su niñera, porque la niña es francesa y la niñera suiza.

En eso se nos acercó una niña de unos seis o siete años, delgada, peinada con grandes rizos que caían hasta la cintura.

—Buenos días, Adèle —dijo la señora Fairfax—. Ven a saludar a esta señorita que va a ser tu profesora. Esta niña —agregó dirigiéndose a mí— nació en Francia, de donde salió hace apenas seis meses. Cuando llegó aquí no sabía hablar inglés, ahora ya habla bastante, pero mezcla muchas palabras francesas y yo no le puedo entender.

Afortunadamente, yo había tenido la suerte de aprender ese idioma en Lowood, de modo que no tuve problemas para entenderme con mi alumna. Le dirigí algunas frases mientras nos encaminábamos al comedor para desayunar; me miró un rato con sus grandes ojos castaños y después se lanzó a charlar en su inglés chapurreado, para luego seguir en francés. Me contó con mil detalles su viaje en barco hasta Inglaterra, y me habló de la ciudad donde vivía antes.

—¿Le entiende cuando habla tan aprisa? —me preguntó la señora Fairfax—. Me gustaría que le preguntara algo sobre sus padres.

—Adèle —dije—, ¿con quién vivías cuando estabas en esa ciudad tan linda de que me hablaste recién?

—Hace mucho tiempo vivía con mamá, pero ella se fue al lado de la Virgen Santa. Mamá me enseñaba a bailar y a cantar y a recitar versos. Venían muchos amigos y amigas a visitar a mamá y yo cantaba para ellos. ¿Quiere que le cante algo?

Se bajó de su silla y se subió a mis rodillas. Cruzando las manos y con cara de gran seriedad, alzó los ojos al techo y cantó un fragmento de ópera. Era la historia de una mujer abandonada que después de llorar la perfidia de su amante, se viste con todas sus joyas y decide ir al encuentro del infiel aquella noche en un baile y demostrarle lo poco que le afecta su deslealtad.

El tema me pareció atroz en labios de una niña tan pequeña, que apenas balbuceaba las ardientes palabras de amor.

Luego bailó y recitó poesías.

—¿Te las enseñaba tu mamá? —le pregunté.

—Sí.

—Y después de que tu mamá se fue junto a la Virgen Santa, ¿dónde viviste?

—En una casa no tan linda como la que tenía mamá, con madame Frédéric y su esposo, que eran muy pobres. Pero no estuve mucho tiempo ahí porque el señor Rochester, que era amigo de mamá, me convidó a vivir en Inglaterra. Yo lo quiero porque siempre fue amable conmigo, me regalaba vestidos y juguetes. Pero ahora no lo veo nunca.

Después del desayuno empezamos las clases en la biblioteca, una habitación que el señor Rochester había designado para ello. Había una cantidad de libros, también un piano y un caballete para pintar.

Descubrí que mi alumna era bastante dócil, aunque poco aplicada. Me pareció mejor no forzarla mucho al comienzo y, luego de conversar un rato, le di permiso para que se fuera a jugar. Yo me quedé haciendo unos esbozos a lápiz para ella.

Cuando terminé, me dirigía al piso de arriba cuando la señora Fairfax me llamó.

—Supongo que ya habrá terminado la clase de la mañana —dijo.

Se hallaba en una habitación cuyas puertas plegadizas estaban abiertas. Me invitó a entrar. Había en su interior sillas y cortinas color púrpura, una gran alfombra y las ventanas tenían vidrios de diversos colores.

—¡Qué habitación tan preciosa! —exclamé.

—Este es el comedor. Abrí la ventana para que entren el aire y el sol. Mire aquel salón, que parece una bóveda de oscuro que está.

A través de una ancha arcada que comunicaba con la ventana, dos peldaños daban acceso a una sala que a mis ojos inexpertos me pareció el lugar más magnífico que había visto. En realidad, sólo se trataba de un salón muy bonito cubierto de alfombras blancas dibujadas con guirnaldas de flores. A continuación de éste, venía un saloncito, también lleno de finos muebles y alfombras.

—¡Qué ordenado tiene todo, señora Fairfax! —exclamé, admirada.

—Prefiero tener todo perfecto, porque el señor Rochester no anuncia jamás sus visitas y le gusta encontrar la casa impecable. Él es un hombre muy refinado. Es un poco severo, pero a pesar de eso todos sus arrendatarios lo consideran un patrón justo y generoso. Ha viajado muchísimo y creo que es muy inteligente, pero nunca he conversado largamente con él, y nunca sé si habla en serio o en broma.

Cuando terminó de ordenar el comedor, me propuso mostrarme el resto de la casa y la seguí escala arriba y escala abajo. Todas las habitaciones me parecieron maravillosas y ricamente amobladas. Me agradaba la quietud que había en ellas, pero en modo alguno me seducía la idea de pasar la noche en alguno de aquellos amplios lechos, ocultos por viejas colgaduras bordadas con tupidas incrustaciones que representaban extraños animales y seres humanos.

Tuve la sensación de estar en un santuario dedicado al recuerdo de épocas pasadas.

—¿Duerme la servidumbre en estas habitaciones? —pregunté.

—No, los sirvientes ocupan una serie de alcobas más pequeñas en la parte posterior de la casa. Aquí no duerme nadie. Si hubiera un fantasma en Thornfield, este podría ser su dominio.

—Tiene razón —dije—, son habitaciones apropiadas para los fantasmas.

—Venga a la azotea —dijo la señora Fairfax—. El paisaje desde allí es muy hermoso.

La seguí por una escalera estrecha que conducía a los desvanes, y luego subimos por una escalera de mano y pasamos por una puerta para llegar al tejado. Pude contemplar desde allí el brillante y suave césped que rodeaba la mansión, el extenso parque de árboles centenarios, el oscuro bosque atravesado por un sendero más verde por el musgo que por el follaje de los árboles. Más allá de las verjas, la iglesia, el camino, las colinas, el horizonte limitado por un cielo azulado. Nada había de extraordinario en el paisaje, pero todo era agradable.

Al regresar, la señora Fairfax se quedó atrás para cerrar la portezuela, y yo descendí a tientas por la angosta escalerilla de la buhardilla. Desde el corredor, estrecho, bajo y oscuro, observé las dos hileras de puertecitas negras, todas cerradas, pertenecientes a las habitaciones del tercer piso; todo era estrecho, oscuro y de techo bajo.

Mientras avanzaba llegó a mis oídos el último sonido que hubiera esperado escuchar en semejante lugar aislado: una carcajada, extraña, clara, triste. Me detuve y cesó el sonido, pero recomenzó con más fuerza. Pasó a una risotada estridente y me habría sido posible señalar la puerta de la que surgiera la voz.

—¡Señora Fairfax! —grité al oírla bajar las escaleras—. ¿Oyó esas carcajadas? ¿Quién es?

—Probablemente una de las sirvientas —repuso—. Tal vez Grace Poole. Cose en una de estas habitaciones y a veces Leah está con ella y casi siempre arman bullicio.

Se repitió la risa, para terminar en un extraño murmullo.

—¡Grace! —exclamó la señora Fairfax.

Yo no esperaba que respondiera realmente ninguna Grace, porque la risa era demasiado trágica, demasiado sobrenatural, como jamás había oído.

Sin embargo, se abrió la puerta más próxima y apareció una criada de unos 30 o 40 años, de figura maciza, cabello rojo y rostro duro y vulgar.

—Demasiado ruido, Grace —dijo la señora Fairfax—. Recuerde las instrucciones.

Grace se inclinó silenciosa y entró en la habitación.

—Ella está encargada de la costura y también ayuda a Leah en su trabajo —prosiguió la señora Fairfax—. A propósito, ¿cómo le ha ido con su alumna?

La conversación se encauzó entonces hacia Adèle mientras bajábamos y hasta que llegó la hora de la comida.

# CAPÍTULO VII

Mi alumna era una niña vivaracha, mimada y consentida, pero en poco tiempo olvidó sus caprichos y se volvió obediente y estudiosa. No tenía gran talento, ni rasgos definidos de carácter ni inclinaciones que la diferenciaran de lo corriente de los demás niños, pero tampoco tenía mayores defectos, y conmigo era muy cariñosa.

Yo apreciaba la bondad de Adèle y de la señora Fairfax. Sin embargo, me aburría, deseaba traspasar esos límites, alcanzar el mundo bullicioso de las ciudades llenas de vida de las que oyera hablar. Muchos pensarán que soy descontentadiza, pero no podía evitarlo; la inquietud formaba parte de mi naturaleza, y en ocasiones llegaba a acongojarme. Es inútil pretender que los seres humanos se sientan satisfechos en la tranquilidad. Al contrario, necesitan tener acción, y si no la tienen, la crean. Se supone que las mujeres son más apacibles que los hombres, pero no es así. Ellas sienten lo mismo, necesitan campo para sus facultades; al igual que los hombres sufren por una represión demasiado rígida. Al menos, eso me pasaba a mí.

A veces mi único consuelo era pasear por el corredor del tercer piso, de arriba abajo, gozando del silencio y soledad del lugar, dejando que mi imaginación volara e inventara cuentos de nunca acabar, animados por la vida y sentimientos que yo anhelaba y no tenía.

Cuando me encontraba sola en ese lugar, oía con frecuencia la risa de Grace Poole, y sus murmullos más

extraños aún que su risa. A veces la veía salir de su
habitación con una bandeja o un plato en la mano,
bajar a la cocina y regresar con... ¡cruda realidad!...una
bacinica.

Transcurrieron los meses de octubre, noviembre y
diciembre. Una tarde de enero, aburrida de la poco interesante conversación de Sophie, la niñera de Adèle,
decidí ir a Hay, el pueblo cercano, a llevar una carta de
la señora Fairfax al correo. Era un día precioso, aunque
bastante frío. Me envolví en mi capa y eché a andar.

Eran las tres de la tarde y el pálido sol ya comenzaba a ocultarse lentamente. A medio camino el sendero ascendía cuesta arriba por la colina; me cansé
un poco y me senté un rato en los peldaños de piedra de un portillo que daba acceso al campo abierto.
Desde allí podía ver a mis pies Thornfield Hall que
destacaba por sobre todo en el valle, y más atrás divisaba los bosques. En lo alto asomaba ya la luna y se
escuchaba el correr del agua de un riachuelo.

Un ruido seco de pisadas cortó mi ensoñación. Se
acercaba un caballo; oí un golpe fuerte en el seto y
apareció un perrazo blanquinegro contra el fondo oscuro de los árboles. Le seguía un caballo y montado
sobre éste un jinete. Tomaron el atajo y se perdieron
de mi vista. Me levanté para seguir mi camino, pero
me volví al sentir el ruido de una estrepitosa caída.
Hombre y caballo habían resbalado en la capa helada
que cubría la superficie del camino. Me acerqué al jinete que luchaba por librarse de su caballo y le pregunté:

—¿Está herido, señor?

Creo que lanzó unas palabrotas, pero no puedo asegurarlo.

—¿Puedo hacer algo? —pregunté de nuevo.

—Puede hacerse a un lado —respondió al tiempo que se ponía de pie apoyándose en las rodillas.

Así lo hice, y entonces comenzó una serie de pataleos y ruidos acompañados de ladridos y relinchos que me obligaron a alejarme más. Finalmente el caballo pudo pararse y el viajero silenció al perro con un solo grito: "¡Basta, Pilot". Pero algo le ocurría al viajero porque caminó con gran esfuerzo y se sentó en el portillo de donde yo acababa de levantarme.

Me acerqué a él, tratando de ser útil, o al menos cortés.

—Si está herido, señor, puedo ir a buscar ayuda a Thornfield o a Hay.

—Gracias. Ya me arreglaré. No tengo ningún hueso roto, sólo una torcedura.

Se palpó el pie, pero el sólo tocarlo le arrancó un involuntario quejido.

Todavía quedaba un poco de luz de día y la luna se hacía más luminosa, de modo que pude verlo claramente. Era de estatura mediana y muy ancho de hombros. Su rostro era moreno, de facciones duras. Sus ojos tenían una expresión de contrariedad bajo unas cejas negras y tupidas. Sin ser joven, todavía no llegaba a la edad madura, contaría tal vez unos 35 años. No me inspiró miedo ni timidez. Si hubiera sido un joven apuesto y arrogante, no me habría atrevido a hablarle. Por lo demás, jamás había conocido a un joven apuesto y arrogante.

Me dijo que me marchara, pero me quedé a su lado.

—Imposible dejarlo, señor, a esta hora, en este camino solitario, a menos que vea que puede subir a su caballo.

Me miró cuando dije esto; antes apenas se había fijado en mí.

—Ya debería estar en su casa —dijo—. ¿Vive por aquí?

—Vivo en aquella casa de almenas —respondí señalando Thornfield—. Ahora voy a Hay a dejar una carta.

—¿Y de quién es esa casa?

—Del señor Rochester.

—¿Usted lo conoce?

—No lo he visto nunca.

—Entonces usted es...

Hizo una pausa y me miró de alto a bajo.

—Soy la institutriz —dije.

—¡Ah, la institutriz! —exclamó—. ¡El diablo me lleve si me acordaba de ella!

Se levantó, con un gesto de dolor.

—No puedo pedirle que vaya a buscar ayuda —dijo—, pero puede ayudarme, si tiene la bondad.

—Sí, señor.

—Trate de coger la brida de mi caballo y traerlo junto a mí. ¿Tiene miedo?

Si hubiera estado sola me habría asustado acercarme a un caballo, pero si me lo pedía, estaba dispuesta a obedecer. Hice varias tentativas de tomar la brida, pero era un animal muy brioso y no me dejaba aproximarme a su cabeza. El viajero terminó por echarse a reír.

—Ya veo —dijo— que la montaña no irá a Mahoma, así que lo que usted puede hacer es ayudar a Mahoma a ir a la montaña.

Me acerqué a él.

—Disculpe, pero la necesidad me obliga a apoyarme en usted.

Colocó una pesada mano sobre mi hombro y se acercó cojeando a su caballo. Saltó sobre su silla haciendo una mueca de dolor.

—Gracias —dijo—, ahora lleve esa carta a Hay y vuelva tan pronto como pueda.

Picó espuelas y el caballo se encabritó primero para luego emprender veloz carrera. El perro se lanzó tras ellos y los tres desaparecieron.

Eché a andar. Me alegraba lo sucedido, que rompía la monotonía de mis días. Había un rostro nuevo para mis recuerdos, un rostro masculino, moreno y fuerte. Lo recordaba cuando deslicé la carta en el correo de Hay, y lo seguía viendo mientras recorría el sendero de regreso.

No me gustaba volver a Thornfield. Significaba volver a la rutina, atravesar el silencioso vestíbulo, subir la sombría escalera, dirigirme a mi habitación solitaria y luego reunirme con la pacífica señora Fairfax y pasar la larga velada invernal con ella. Significaba ahogar la débil emoción despertada con mi paseo y volver a una existencia uniforme y excesivamente apacible.

Entré en la casa. El vestíbulo no estaba a oscuras, ni estaba sólo iluminado por la alta lámpara de bronce: un cálido resplandor inundaba la sala y los peldaños de la escalera de roble. Esa luz rojiza procedía del gran comedor, cuyas puertas estaban abiertas. Había un grupo junto a la chimenea. Apenas tuve tiempo de verlo y escuchar una alegre confusión de voces, entre las cuales me pareció distinguir la de Adèle, cuando la puerta se cerró.

Me dirigí a la habitación de la señora Fairfax, pero no había rastro de ella allí, en cambio vi un perrazo negro de pelo largo, idéntico al del sendero.

—Pilot —dije.

El animal se incorporó y me olfateó; lo acaricié y él movió su larga cola.

Entró en ese momento Leah.

—¿Cómo está aquí este perro? —pregunté.

—Vino con el señor.

—¿Con quién?

—Con el señor Rochester, que acaba de llegar. Está en el comedor con la señora Fairfax y Adèle. John ha ido a buscar al médico, porque el señor se cayó del caballo y se dislocó un tobillo.

—¡Ah! —exclamé.

No hice más comentarios, y subí a mi dormitorio, a cambiarme ropa.

# CAPÍTULO VIII

Por orden del doctor, el señor Rochester se acostó pronto. Al día siguiente se levantó temprano y bajó a atender a algunos de sus arrendatarios que lo esperaban en la biblioteca.

Observé que Thornfield había sufrido un cambio; ya no reinaba en la casa el silencio de una iglesia. Se oían voces diferentes procedentes de abajo y un pedazo del mundo exterior penetraba en la mansión. Ahora tenía un dueño. Me gustó que así fuera.

Me encerré con Adèle en la sala de clases, pero apenas logré hacerla trabajar, pues andaba revolucionada por la llegada de *son ami*. La tarde fue borrascosa y comenzó a nevar. Al no oír ruido de voces en la biblioteca, permití a mi alumna que bajara. Me quedé sola un rato, hasta que entró la señora Fairfax.

—El señor Rochester desea que usted y Adèle tomen el té con él esta tarde en la sala —dijo—. Ha estado tan ocupado toda la tarde que no le ha sido posible verla antes. Sería conveniente que cambiara usted su vestido. La acompañaré para ayudarla.

—¿Es preciso que me cambie?

—Sí. Cuando el señor Rochester está aquí siempre me visto para la cena.

Esta ceremonia me pareció algo pomposa, pero me dirigí a mi habitación y, con la ayuda de la señora Fairfax, reemplacé mi vestido por uno de seda negra.

—Necesita un broche —dijo la señora Fairfax.

Sólo poseía una perlita que me regalara la señorita Temple como recuerdo suyo al despedirnos. Me la puse y bajamos a la sala.

Pilot estaba echado al calor del fuego y Adèle se hallaba arrodillada a su lado. Medio recostado en un diván descubrí al señor Rochester, que descansaba el pie sobre un almohadón. El fuego iluminaba su cara. Reconocí a mi viajero de anchas y negras cejas; reconocí su firme nariz, más notable por su carácter que por su belleza; su boca dura, su barbilla y su mandíbula, duras también. Ahora libre de la capa, advertí que el resto de su cuerpo era tan cuadrado como su fisonomía. Supongo que su figura era proporcionada, aunque no era de alta estatura.

El señor Rochester debía haber notado nuestra presencia en la habitación, pero al parecer no estaba de talante para reparar en nosotras.

—Aquí está la señorita Eyre, señor —dijo la señora Fairfax, con su habitual placidez.

Él asintió.

—Que se siente la señorita Eyre —dijo.

Lo que parecía significar: "¡Qué me importa la señorita Eyre!"

Me senté con toda tranquilidad. Una acogida demasiado cortés me habría confundido, en cambio esa frase áspera me situaba en ventaja. Además, lo excéntrico de su conducta me pareció interesante y quise ver cómo se comportaría más adelante.

Como él seguía mudo, la señora Fairfax creyó su deber mostrarse amable y empezó a hablar sobre la dolorosa caída del señor, comentando la paciencia que demostraba para soportar aquellas molestias.

—Señora, me gustaría tomar el té —fue la única respuesta que obtuvo.

—¿Querría llevarle la taza? —me preguntó la señora Fairfax.

Obedecí. Cuando él tomó la taza de mi mano, Adèle juzgó que el momento era propicio para interceder en mi favor.

—¿No es cierto que también hay un regalo para la señorita Eyre, monsieur?

—¿Quién habla de regalos? ¿Espera usted un regalo, señorita Eyre?

Escudriñó mi rostro con ojos oscuros, penetrantes y enojados.

—Difícil saberlo, señor —repuse—. Un regalo ofrece muchos aspectos, ¿no es cierto? Y uno debería considerarlos todos antes de emitir una opinión. Adèle ha recibido siempre regalos suyos, pero en mi caso no creo tener los méritos suficientes.

—¡No caiga en la falsa modestia! Ya he comprobado que Adèle, que no es muy brillante ni tiene muchas aptitudes, ha hecho grandes progresos con su enseñanza.

—Señor, acaba de darme mi regalo y le estoy agradecida. Es el máximo galardón a que aspiran las profesoras.

—¡Hum! —exclamó el señor Rochester y tomó su té en silencio.

Cuando terminó me ordenó sentarme a su lado junto al fuego.

—¿Lleva tres meses viviendo en mi casa?

—Sí, señor.

—Y viene de...

—De la escuela de Lowood.

—¡Ah! Una institución de caridad. ¿Cuánto tiempo estuvo allí?

—Ocho años.

—¡Ocho años! ¡Debe sentir un gran apego por la vida para sobrevivir en semejante lugar! No es extraño que tenga ese aspecto de venir de otro mundo. Me preguntaba de dónde sacó esa cara. Cuando se me acercó en el camino a Hay pensé en cuentos de hadas y hasta creí que había hechizado a mi caballo. ¿Quienes son sus padres?

—No los tengo.

—Lo suponía. ¿Así que esperaba a su gente, sentada en aquelllos peldaños?

—¿A quién, señor?

—A los duendes. Era una noche de luna, cuando ellos salen a jugar. ¿Tal vez me caí en algunos de sus círculos mágicos en el maldito hielo que usted derramó en el camino?

Sacudí la cabeza.

—Los duendes abandonaron Inglaterra hace cien años —dije con la misma seriedad que él—, y ni siquiera en el camino a Hay quedan vestigios de ellos. No creo que la luna ilumine ya sus juegos.

La señora Fairfax había dejado su tejido y, con las cejas enarcadas, parecía preguntarse qué clase de conversación era aquélla.

—¿Tiene parientes, tíos, hermanos, hermanas? —prosiguió el señor Rochester.

—Ninguno.

—¿Tiene casa?

—No.

—¿Quién le aconsejó venir aquí?

—Puse un aviso en el diario y la señora Fairfax respondió.

—Señorita Eyre, ¿ha vivido alguna vez en una ciudad?

—No, señor.

—¿Ha hecho vida social?

—Ninguna, salvo con mis compañeras de Lowood y ahora con los moradores de Thornfield.

—Ha llevado entonces una vida monjil. Sin duda debe tener profundas creencias religiosas. Seguramente adora al señor Brocklehurst, el director de Lowood, ¿no es cierto? Así como las religiosas de un convento adoran a su director espiritual.

—¡Oh, no! Detestaba al señor Brocklehurst, y no era la única.

—¡Qué blasfemia, señorita Eyre!

—Era un hombre muy severo y antipático; nos cortaba el pelo y todo lo que compraba para vestirnos era de baja calidad.

—Esa es una economía errada —observó la señora Fairfax, que por fin entendía algo del diálogo.

—¿Qué edad tenía cuando ingresó a Lowood? —siguió preguntando el señor Rochester.

—Diez años.

—Y pasó ocho allí, luego tiene dieciocho años. Asentí.

—Ve usted, la aritmética es útil. Sin su auxilio me habría sido imposible precisar su edad. Y ¿qué aprendió en Lowood? ¿Sabe tocar el piano?

—Un poco.

—Claro, esa es la respuesta habitual. Entre en la biblioteca, es decir, si tiene usted la amabilidad. Disculpe mi tono autoritario, es que estoy acostumbrado a decir hagan esto y que se haga. No puedo alterar mis costumbres por un nuevo huésped. Llévese una vela, deje la puerta abierta y bríndenos una melodía.

Salí y obedecí sus órdenes.

—¡Basta! —exclamó a los pocos minutos—. Veo que sabe tocar un "poco", como cualquier estudiante inglesa; tal vez mejor que algunas, pero no con perfección.

Cerré el piano y volví al comedor.

—Adèle me mostró esta mañana unos dibujos y dijo que eran suyos —continuó él—. Seguramente la ayudó algún profesor.

—¡No, los hice sola! —exclamé.

—¡Ah, se resintió su orgullo! Traiga su carpeta siempre que pueda asegurar que el contenido es original suyo. Sé reconocer una chapucería.

Le llevé mi carpeta.

Adèle y la señora Fairfax se acercaron a mirar.

—No se aglomeren —dijo el señor Rochester—. Vayan tomando los dibujos después de que yo los examine, pero no acerquen su cara a la mía.

Estudió detenidamente cada dibujo y cada pintura, y eligió tres acuarelas. Pasó los demás a la señora Fairfax para que los mirara en la otra mesa con Adèle.

—Siéntese y responda a mis preguntas —me dijo—. ¿Cuándo las hizo?

—Durante las últimas vacaciones que pasé en Lowood.

—¿De dónde las copió?

—De mi cabeza.

—¿De esa cabeza que veo sobre sus hombros?

—Sí, señor.

—¿Contiene cosas similares?

—Creo que sí, señor, es decir, así lo espero.

Extendió las pinturas ante él y las examinó nuevamente con detenimiento.

Las acuarelas no eran ninguna maravilla. Eran cosas que yo veía en espíritu y que traté de expresar en colores, pero mi mano fue incapaz de interpretar mi fantasía.

La primera representaba unas nubes bajas y blancas que se cernían sobre un mar embravecido. El fondo quedaba desdibujado, como también las olas más próximas, porque no había tierra firme. Un rayo de luz iluminaba un mástil sumergido sobre el que se posaba un cuervo marino, grande y negro, con las alas salpicadas por la espuma. Bajo el ave y el mástil se veía, a través del agua verde, un cuerpo hundido del que solo se divisaba un brazo delgado.

La segunda representaba la cumbre velada de una montaña cubierta de hierba y hojas impulsadas por la brisa. Al fondo se elevaba hacia el cielo azul oscuro la forma de un busto de mujer, pintada con los más suaves matices que pude combinar. En la frente tenía una estrella; los ojos brillaban negros y violentos, el pelo ondeaba entre sombras.

La tercera mostraba la cima de un iceberg atravesando un cielo polar; la aurora boreal aparecía en segundo término, en el horizonte. Al fondo, una cabeza colosal se inclinaba hacia el iceberg, apoyándose en él. Dos manos delgadas se juntaban en la frente y sostenían en alto un velo negro. Lo único que quedaba visible era el entrecejo y un ojo fijo y cavernoso, sin más expresión que la desesperación. Sobre las sienes relucía un círculo blanco y luminoso.

—¿Era feliz al pintar?

—Sí, señor. Y como no tenía gran cosa que hacer, pintaba casi todo el día.

—¿Se sintió satisfecha con el resultado?

—No, señor, porque yo había imaginado algo que era incapaz de realizar.

—No es cierto. Los dibujos son peculiares para una colegiala. Las ideas son fantásticas. ¿Quién le enseñó a pintar el viento? Porque hay fuerte viento en este cielo y sobre esta cumbre. Y ahora, tome sus pinturas y llévese a Adèle a dormir. Deseo a todos buenas noches —agregó.

—El señor Rochester es bastante singular —comenté a la señora Fairfax cuando me reuní con ella en su salita, después de acostar a Adèle—. Es muy variable y áspero.

—Es cierto, pero hay que ser indulgente con él, a menudo le asaltan pensamientos penosos que lo hacen ser difícil. Son problemas familiares los que lo inquietan.

—Pero él carece de familia.

—Ahora sí, pero tuvo parientes. Perdió a su hermano mayor hace algunos años. El señor Rochester entró en posesión de sus bienes hace poco tiempo, unos nueve años aproximadamente.

—¿Tanto quería a su hermano que todavía está inconsolable por su pérdida?

—Bueno, no, tal vez no. Creo que existió cierta incomprensión entre ellos. El señor Rowland Rochester era distinto al señor Edward, y al parecer predispuso a su padre contra él. El padre no quería dividir su fortuna y al mismo tiempo quería que el señor Edward fuera rico para que llevara en alto el nombre de la familia y para eso el señor Edward debía hacer cosas que no le parecieron adecuadas. Su padre y su hermano se unieron para conducir al señor Edward a lo que él juzgaba una penosa situación, con el solo fin de hacer fortuna. Nunca llegué a conocer claramente la situación, pero el señor Rochester no pudo soportar los sufrimientos que de ella se derivaron. Como no es una persona muy indulgente, rompió con su familia y durante años ha llevado una vida desordenada. No creo que haya permanecido en Thornfield más de quince días seguidos desde que la muerte de su hermano sin testamento lo hiciera dueño de todos los bienes.

—¿Y por qué razón rehúye esta casa?

—Quizás la encuentre lúgubre.

La respuesta era evasiva. Yo hubiera querido algo más concreto, pero la señora Fairfax no podía o no deseaba darme más informes, de modo que no insistí en el tema.

# CAPÍTULO IX

Durante los días siguientes vi pocas veces al señor Rochester. Por las mañanas estaba muy atareado con los negocios, y por la tarde acudían a visitarlo caballeros de Millcote o de los contornos, quienes generalmente se quedaban a cenar con él. Cuando mejoró de su pie montó mucho a caballo, probablemente para devolver las visitas, pues regresaba avanzada la noche.

Durante ese tiempo mi relación con él se limitó a algún encuentro ocasional en la casa, y entonces pasaba junto a mí altivo e indiferente, demostrando advertir mi presencia con un distante saludo o una fría mirada y, a veces, con una sonrisa o una reverencia cordial. Sus cambios de humor no me ofendían, porque pensaba que yo nada tenía que ver con ellos.

Una tarde, una vez que se marcharon sus invitados, nos mandó llamar a Adèle y a mí. Al entrar, la niña vio sobre la mesa una caja que debía contener su regalo. Empezó a gritar como loca.

—Allí está tu regalo —dijo el señor Rochester—, pero ábrelo y gózalo en silencio.

Poco caso hizo Adèle de su recomendación. De la caja sacó su regalo y hacía toda clase de comentarios.

—¿Está ahí la señorita Eyre? —preguntó el señor Rochester, incorporándose a medias en su sillón—. ¡Bien! Siéntese aquí. Como viejo solterón que soy no me agrada el parloteo de los niños. Me muero antes de pasarme la velada con esta mocosa. Le voy a pedir a la señora Fairfax que se haga cargo de sus exclamaciones y gritos.

La señora Fairfax se llevó a un rincón a la niña y yo hice lo que él me había pedido. Hubiera preferido quedarme alejada, pero el señor Rochester tenía un modo tan directo de dar órdenes que parecía lógico obedecerle.

Parecía distinto, no tan grave y menos sombrío. Una sonrisa se dibujaba en sus labios. La luz del fuego iluminaba sus facciones duras y sus grandes ojos negros, que a veces reflejaban en su profundidad si no la ternura, por lo menos algún sentimiento que la recordaba.

Llevaba un rato contemplando el fuego y yo mirándolo a él, cuando se volvió de pronto y descubrió mi vista fija en su rostro.

—¿Está observándome, señorita Eyre? —me preguntó—. ¿Me encuentra buen mozo?

—No, señor —respondí sin pensarlo.

—¡Ah! Usted es bastante singular —dijo—. Tiene la apariencia de una mosquita muerta, extraña, serena, seria y sencilla, con los ojos casi siempre fijos en la alfombra, cuando no están fijos en mi rostro. Y si le preguntan algo, da una respuesta categórica y brusca.

—Señor, le ruego que me perdone. Debí responder que la belleza tiene poca importancia, o algo así.

—No debió responder esa tontería de que la belleza no tiene importancia. ¿Qué defecto me encuentra, por favor?

—Señor Rochester, no pretendí decir una agudeza, simplemente fue un desacierto.

—Así lo creo yo. A ver, ¿no le gusta mi frente? ¿O me cree loco? En otro tiempo poseí cierta ternura; cuando tenía su edad era un tipo bastante sentimental, pero la vida me ha golpeado mucho y ahora me precio de ser duro como una pelota de caucho. ¿Cree que tengo posibilidades de transformarme de nuevo en pelota de carne?

"Ha bebido demasiado", pensé.

—Parece usted muy desconcertada, señorita Eyre. Y aunque no es más bonita que yo, sin embargo ese aire de desconcierto le sienta bien, y además es preferible porque así aleja sus ojos de mi fisonomía y los fija en la alfombra. Siga perpleja, señorita Eyre. Esta noche me siento comunicativo y por eso la hice venir. Me agradaría saber más de usted, por consiguiente, empiece a hablar.

En lugar de hablar, sonreí y no fue una sonrisa muy sumisa.

—Hable —exigió.

—¿Sobre qué, señor?

—Sobre lo que quiera.

Me senté sin decir palabra. "Si espera que hable para descubrir mis ideas, se dará cuenta que no se ha dirigido a la persona indicada", pensé.

—¿No habla, señorita Eyre? ¿Es terca? Y está enojada, es lógico. Hice mi petición en forma casi insolente, le ruego que me perdone. Sólo quiero pedirle que hable y distraiga mis pensamientos que están fijos en un punto, corrosivo como un clavo mohoso.

Había dado una explicación que era casi una disculpa y no fui insensible a su actitud.

—Estoy deseosa de distraerle, señor, pero ignoro qué puede interesarle. Hágame preguntas y haré lo posible por contestarlas.

—Pues, en primer lugar, ¿está de acuerdo conmigo en que tengo derecho a ser un poco autoritario con usted, áspero, tal vez exigente, en una palabra que soy lo bastante viejo para ser su padre y que he recorrido medio mundo mientras usted ha vivido apaciblemente en compañía de cierto número de personas en una casa?

—Como usted guste, señor.

—Esa no es una respuesta, conteste claramente.

—No creo, señor, que tenga usted derecho a mandarme simplemente porque sea mayor que yo o porque haya visto más mundo. Su pretensión de ser superior a mí depende del modo en que haya usted empleado su tiempo y experiencia.

—Esa es una respuesta puntual. Pero no puedo admitirla ya que he hecho uso mediano, para no decir malo, de ambas ventajas. Dejando a un lado la superioridad, debe aceptar recibir mis órdenes de vez en cuando sin sentirse ofendida o herida por el tono autoritario, ¿de acuerdo?

Sonreí. "Parece olvidar que me paga treinta libras anuales", pensé.

—La sonrisa es excelente —dijo—, pero hable también.

—Pensaba que muy pocos señores se preocuparían de saber si sus subordinados a sueldo se sienten ofendidos o heridos por sus órdenes.

—¡Subordinados a sueldo! ¡Así que usted es mi subordinada a sueldo! Entonces, ¿me permitirá fanfarronear un poco? ¿Se avendrá a pasar por alto numerosas frases y formulismos, sin pensar que es insolencia?

—Estoy segura, señor, de que nunca confundiré la confianza con la insolencia.

—No se arriesgue a generalizar en algo de lo que es totalmente ignorante. Pero me gusta su respuesta. Y no crea que lo digo por halagarla, todavía tengo que conocerla y seguramente tenga defectos intolerables que equilibren sus pocas buenas cualidades.

"Tal vez usted también", pensé. Mi mirada se cruzó con la suya, y pareció leer mi pensamiento:

—Sí, tiene razón —dijo—, yo tengo numerosos defectos, y no deseo disculparlos, se lo aseguro. Bien sabe Dios que no puedo ser demasiado severo con los ajenos. Tengo un pasado, señorita Eyre, que no me gusta. Empecé igual a otros pecadores; fui arrojado a un camino equivocado a la edad de veintiún años y nunca he reemprendido el buen camino desde entonces. Pero podría haber sido tan bueno como lo es usted. Le envidio su paz de espíritu, su conciencia limpia, su recuerdo inmaculado.

—¿Cómo es su recuerdo de los dieciocho años, señor?

—Perfecto, nítido, sano. Yo era como usted a esa edad. La naturaleza quiso hacerme un buen hombre, y ya ve que no lo soy. Al menos eso leo en sus ojos. Pero le doy mi palabra de que no soy un canalla. Soy un vulgar pecador, gastado en todos los miserables vicios con los cuales los hombres ricos e indignos tratan de vivir. ¿Se admira de que le confiese esto? Sepa que en el curso de su vida a menudo será elegida como involuntaria confidente de los secretos de sus amigos. La gente descubrirá instintivamente, como lo he descubierto yo, que no es su fuerte hablar de sí misma, pero sí el escuchar a los demás. Sentirán que usted los escucha sin desprecio hacia su indiscreción y con cierta simpatía innata.

—¿Cómo puede adivinar todo eso, señor?

—Simplemente lo adivino. Por tanto, prosigo con la libertad con que escribiría mis pensamientos en un diario. Me dirá que debiera haber superado las circunstancias. Así es, pero ya ve que no lo hice. Cuando el destino fue injusto conmigo, no pude permanecer indiferente; me desesperé y caí bajo. Ojalá hubiera resistido firme... ¡Dios sabe que lo digo de verdad! Tema al remordimiento cuando esté tentada por el pecado, señorita Eyre, porque el remordimiento es el veneno de la vida. Yo podría enmendarme, pero ¿para qué, agobiado y maldito como estoy? Además, dado que la felicidad me está irrevocablemente negada, tengo derecho a obtener placer de la vida, y lo obtendré, cueste lo que cueste.

—¿Entonces, se degradará más aún, señor?

—Posiblemente, sin embargo ¿por qué negármelo si puedo obtener un placer nuevo y dulce como la miel silvestre?

—Pero tendrá un sabor amargo, señor.

—¿Qué sabe usted? Está tan seria y solemne, y no tiene idea de qué hablo. No tiene ningún derecho a sermonearme, usted que todavía no ha cruzado el umbral de la vida. Yo hablo de una inspiración, vestida con ropaje de ángel, que puede entrar en mi vida, no hablo de una tentación.

—Tenga cuidado, señor, podría ser un ángel irreal.

—No, este ángel es portador del mejor mensaje del mundo. Por lo demás, usted no es la guardiana de mi conciencia, así que no se enoje. Ya he recibido al peregrino, ya me ha hecho bien; mi corazón era una especie de sepulcro y ahora será un altar.

—Para serle sincera, señor, no entiendo nada. No puedo sostener esta conversación, pero sólo sé una cosa: usted dijo que no era tan bueno como quisiera y que lamentaba su imperfección. Creo que si se esforzara con el tiempo hallaría la posibilidad de llegar a ser lo que quiere ser, y si entonces empezara a corregir sus pensamientos y acciones, en algunos años habría acumulado una nueva provisión inmaculada de recuerdos a los que pudiera volver con agrado.

—Pensamiento justo y bien dicho, señorita Eyre. Me pongo a empedrar el infierno con energía. Estoy ya estableciendo buenas intenciones, aunque necesariamente requieran precisar ciertas reglas desconocidas.

—Me parece peligroso, señor, porque esas reglas pueden estar sujetas al abuso.

—Juro a mis dioses que no abusaré de ellas.

—Los seres humanos no deberían arrogarse un poder que solo puede confiarse sin riesgos a los seres divinos.

—¿Qué poder?

—El poder de decir que cualquier conducta nueva y extraña está bien.

—Usted lo ha dicho, "está bien".

—Ojalá tenga razón, señor —dije, mientras me ponía de pie, juzgando inútil proseguir una discusión que era tinieblas para mí.

—¿Por qué se va? ¿Está asustada? ¿Tiene miedo porque hablo como una esfinge?

—Su lenguaje es enigmático, pero no estoy asustada.

—Está asustada, teme decir una tontería.

—Eso sí es cierto, señor.

—Si dijera tonterías lo haría de modo tan serio y sereno que yo las creería juiciosas. ¿No ríe nunca, señorita Eyre? No se moleste en contestar. Veo que se ríe rara vez, pero sabe reírse alegremente. Es por naturaleza alegre, igual que yo por naturaleza no soy vicioso. Todavía la limita Lowood, controlando sus facciones, apagando su voz y tiene miedo de reír con ganas, pero con el tiempo aprenderá a ser natural conmigo. Hay momentos en que adivino en su mirada a un ave cautiva, inquieta y resuelta que si estuviera libre se remontaría hacia las nubes. ¿Todavía quiere marcharse?

—Ya han dado las nueve y tengo que acostar a Adèle.

—No importa, aguarde unos minutos. Adèle todavía no está dispuesta a acostarse. Mientras la miro a usted también la observo a ella. La vi sacar sus regalos y correr a probarse un vestido que le traje; la coquetería corre por su sangre. Dentro de unos minutos volverá a entrar y sé lo que veré: una miniatura de Céline Varens, tal como solía aparecer en el escenario cuando se alzaba el..., bueno, eso no importa. Pero sé que mis más tiernos sentimientos van a recibir un golpe, lo presiento. Quédese para verlo.

Y en realidad apareció Adèle con su vestido nuevo. Estaba transformada, tal como dijo su tutor. Danzó por toda la habitación hasta que al llegar junto al señor Rochester dio unas vueltas ante él, de puntillas, luego se dejó caer a sus pies y exclamó:

—¡Merci, monsieur! Así lo hacía mamá, ¿verdad?

—¡Exactamente! —fue la respuesta—. Y "así" se hacía con mi dinero. Yo también fui inexperto, señorita Eyre, muy inexperto. Yo era tan joven como usted y tenía ese color primaveral que tiene usted. Sin embargo, mi primavera ha pasado, pero me ha dejado esa florcita francesa en las manos. En cierto modo desearía desembarazarme de ella. Haciendo caso omiso de la raíz de donde brotó, después de descubrir que era de una clase que sólo el polvo de oro podría abonar, siento cierto agrado por esta florcita, especialmente cuando parece tan artificial como ahora. La conservo y la educo siguiendo el principio de expiar innumerables pecados mediante una buena obra. Algún día le explicaré todo esto. Buenas noches, señorita Eyre.

# CAPÍTULO X

Y una tarde el señor Rochester me lo explicó. Me pidió que paseara con él por una larga avenida de hayas desde la que podíamos vigilar los juegos de Adèle con Pilot.

Dijo que Adèle era hija de una bailarina, Céline Varens, por la cual él había sentido lo que llamó una gran pasión. Ella le correspondía y él creyó en su amor.

—Me sentía tan halagado por haberme preferido a otros hombres, que la instalé en una linda casa, con numerosos servidores, un carruaje, diamantes, etc. En resumen, inicié la manera más vulgar para arruinarme, como cualquier otro amante ciego, y tuve el destino de todos los amantes. Fui a visitar a Céline una noche sin avisarle y no la encontré, pero me senté en la terraza a esperarla. De pronto vi venir el carruaje que le había regalado. Mi corazón latió impaciente. La vi salir del carruaje e iba a llamarla cuando vi la figura de un hombre tras ella. ¿Nunca sintió celos, señorita Eyre? Desde luego que no, pues nunca sintió amor. Su alma está dormida, todavía no se produce el choque que la despierte. Pero algún día llegará usted a experimentar esos dos sentimientos.

Hizo una larga pausa. Luego continuó como si viniera de algún lugar remoto:

—Me gusta Thornfield ahora, su antigüedad, su aislamiento, sus árboles. Y, sin embargo, ¡cuánto tiempo lo he aborrecido! ¡Cuánto lo aborrezco todavía! El destino me retó a que tratara de ser feliz en Thornfield y le respondí que me atrevería, que derribaría obstáculos para alcanzar la felicidad, la bondad...

Apretó los dientes y guardó silencio. Alzando los ojos hasta las almenas, les dirigió una mirada como nunca he visto. De dolor, vergüenza, ira, impaciencia, odio. La lucha de sentimientos era violenta, pero surgió otro, duro y cínico que sosegó su pasión y petrificó su rostro.

—¿Abandonó el balcón, señor?

—Es curioso —exclamó— que la elija a usted, una jovencita, como confidente de todo esto, y todavía es más curioso que usted me escuche con toda tranquilidad como si fuera lo más lógico del mundo para un hombre como yo contar historias de sus amantes artistas a una muchacha especial e inexperta. Pero usted fue hecha para recibir secretos. Cuanto más conversemos tanto mejor, porque yo no puedo dañarla y en cambio usted puede renovarme.

Se acercó John a decirle que el administrador quería hablarle.

—Entonces seré breve —dijo—. Sí, abandoné el balcón. Entraron. Corrí la cortina para que no me vieran, pero yo sí los veía. Se quitaron la capa; ella, resplandeciente con las joyas que yo le regalara; él, de uniforme, un oficial libertino, vicioso e insípido a quien viera en varias reuniones sociales. Al reconocerlo se extinguieron mis celos, junto con mi amor por Céline. Hablaron de mí, sobre todo ella, que se burló de mis defectos personales. Abrí la ventana, me acerqué a ellos, dije a Céline que abandonara la casa y le ofrecí, en medio de sus gritos histéricos, dinero para sus gastos inmediatos. Concerté con el oficial una cita para la mañana siguiente en el Bois de Boulogne, donde tuve el gusto de batirme con él y meterle una bala en un brazo. Por desgracia, la Varens me había dado, seis meses antes, esta niña, Adèle, afirmando que era mi hija. Tal vez lo sea, pero no veo pruebas de semejante paternidad en sus rasgos. Pilot se me parece más que ella. Pocos años después de haber roto con Céline, ésta abandonó a la niña para huir a Italia con un músico. Aunque no soy su padre, la traje aquí para que crezca limpia. Tal vez ahora que sabe que Adèle es el fruto de un amor ilegítimo, piense de modo distinto y quiera cambiar de empleo, ¿no es cierto?

—No. Adèle no tiene culpa de las faltas de su madre. Siento afecto por ella, más ahora que sé que es una pobre huérfana como yo, que se apoya en mí como en una amiga.

—¡Ah, ése es su punto de vista! —exclamó.

Se dio media vuelta y entró en la casa.

Esa noche medité sobre lo que me había hablado el señor Rochester, especialmente sobre la emoción que expresaba cuando dijo que sentía nuevo placer por su vieja mansión. Recordé que hacía varias semanas que su trato conmigo era más cordial, más que nada en esas veladas en que me invitaba a conversar.

En realidad, yo hablaba poco, pero lo escuchaba fascinada. Era comunicativo por naturaleza y le agradaba abrirse a una mente desconocida como la mía. Su amigable franqueza me hacía sentir cómoda. Mi vida cambió, ya no me sentí sola, mi salud mejoró, y recobré fuerzas y peso.

¿Encontraba feo al señor Rochester ahora? No; la gratitud hacía que su rostro fuera lo que más me gustaba ver, a pesar de reconocer sus defectos. Era orgulloso, sardónico, duro, taciturno, muy melancólico. Pero yo pensaba que estos defectos se debían a alguna crueldad del destino. Creía que era un hombre de buenas inclinaciones y elevados principios; que en él había excelente material que por ahora estaba confundido y estropeado. No puedo negar que me apenaba su tristeza y que habría dado cualquier cosa por mitigarla. Por más que pensaba, no comprendía qué era lo que lo alejaba de la casa.

Me quedé dormida en medio de estas reflexiones y desperté sobresaltada por un ruido extraño. Sentí como si alguien rozara la puerta, que estaba muy cerca de mi cama. La noche era sumamente oscura y lamenté no haber dejado la vela encendida. Me incorporé en la cama, aterrada. Entonces escuché una risa demoníaca, baja, sofocada y profunda, que parecía entrar por la cerradura de la puerta. Me levanté y eché el cerrojo.

—¿Quién está ahí? —pregunté.

Algo gimió lastimeramente. Poco después, unos pasos recorrían la galería en dirección a la escalera que conducía al tercer piso.

"¿Será Grace Poole? ¿Estará poseída del diablo?", pensé. Debía ir a buscar a la señora Fairfax. Me vestí apresuradamente y abrí la puerta con mano trémula.

Sobre la alfombra del pasillo había una vela ardiendo. El aire estaba empañado, como lleno de humo, y al mirar con atención descubrí de donde procedían esas espirales azuladas y sentí un fuerte olor a quemado.

Algo crujió. Era la puerta entreabierta del señor Rochester, y de allí salía el humo, como una nube. Corrí y entré a la alcoba. Alrededor del lecho subían lenguas de fuego por las colgaduras, las cortinas de la ventana estaban envueltas en llamas. El señor Rochester yacía inmóvil, profundamente dormido.

Traté de despertarlo, pero fue inútil, el humo lo había atontado. Tomé el jarro y la vasija llenos de agua de su velador y los vacié sobre el lecho y su ocupante. Corrí a mi cuarto a buscar mi jarro con agua y se la arrojé también, y, con la ayuda de Dios, logré extinguir las llamas que lo rodeaban.

El agua despertó al fin al señor Rochester.

—¿Qué pasa? —gritó en la oscuridad.

—Un incendio, señor. Levántese, voy a buscar una vela.

—¿Es Jane Eyre? ¿Qué diablos me ha hecho, bruja, hechicera, quería ahogarme?

Fui corriendo a mi pieza a buscar la vela. Al volver le conté de la extraña carcajada, los pasos que subían al tercer piso, el humo, y como lo hallé dormido en medio de las llamas.

Me escuchó atentamente. Su rostro expresaba más ansiedad que asombro. Cuando terminé, él tardó algunos minutos antes de hablar.

—Espéreme aquí, sin moverse —dijo—. Me llevo la vela y la dejaré sola unos minutos. No se mueva ni llame a nadie. Envuélvase en su chal y ponga los pies sobre este piso para que no se le mojen. Quédese quieta como un ratón.

Pasó un largo rato hasta que sentí pisadas cerca de la puerta. "Espero que sea él, pensé, y no algo peor".

Entró, pálido y apesadumbrado.

—¿Era Grace Poole, señor? —pregunté.

—Justamente, Grace Poole, lo ha adivinado. Ella es una persona muy extraña. Tendré que reflexionar sobre este asunto. Entre tanto, no diga nada a nadie de lo que ha pasado esta noche, y ahora, vuelva a su habitación, que ya son cerca de las cuatro. Yo me arreglaré bien para pasar la noche en el sofá de la biblioteca.

—Entonces, buenas noches, señor —dije, disponiéndome a salir.

Pareció sorprendido.

—¡Cómo! —exclamó—, ¿me deja ya, de ese modo?

—Dijo que podía irme, señor.

—Pero no sin despedirse, no sin darle las gracias. ¡Me salvó la vida! Y ahora me deja como si fuéramos desconocidos... Al menos, déjeme estrecharle la mano.

Tomó mi mano entre las suyas.

—Me agrada tener con usted una deuda tan grande de gratitud, Jane.

Hizo una pausa, me miró; palabras no pronunciadas temblaban en sus labios, pero su voz estaba ahogada.

—Sabía —continuó al cabo de unos segundos— que usted me haría mucho bien. Lo vi en sus ojos la primera vez que nos encontramos; su expresión y su sonrisa... —se detuvo otra vez— no... Mi estimada defensora, buenas noches —terminó apresuradamente.

—Me alegra haber estado despierta —dije, e hice ademán de salir.

—¡Cómo! ¿Quiere irse?

—Tengo frío, señor.

—¡Frío? Sí, ¡y en medio de este mar de agua! ¡Váyase, Jane, váyase!

Pero seguía reteniendo mi mano y yo no podía liberarla. Se me ocurrió una excusa.

—Me parece oír a la señora Fairfax, señor —dije.

—Bien, déjeme —aflojó los dedos y salí de la alcoba.

# CAPÍTULO XI

Deseaba y a la vez temía ver al señor Rochester al día siguiente de aquella noche insomne. Deseaba oír su voz y temía encontrar su mirada. En las primeras horas de la mañana esperé su llegada, pero nadie vino a interrumpir los estudios de Adèle.

Pasó el día, y a cada rato recordaba sus palabras, su mirada, su voz. Por la mañana temía el encuentro, pero ahora, al atardecer, lo deseaba con impaciencia.

Me extrañó sobremanera que nadie comentara lo sucedido en la noche. Pasé frente a la habitación del señor Rochester, vi por la puerta abierta que todo estaba en su lugar; lo único distinto era que faltaban las colgaduras de su cama. Leah estaba limpiando los cristales de la ventana empañados por el humo. Iba a hablarle para saber qué versión se le había dado al asunto, pero al entrar vi a una mujer sentada en una silla al borde de la cama, cosiendo colgadores a unas cortinas nuevas. Esa mujer era Grace Poole.

Estaba muy seria y taciturna, como de costumbre, enfundada en su vestido café, su delantal, el pañuelo blanco y la cofia. Estaba absorta en su trabajo. En su frente no había huellas de la palidez o desesperación que era de esperar ver en el semblante de una mujer que había intentado cometer un asesinato, y cuya supuesta víctima la había acusado seguramente de tal crimen cuando la siguió a sus habitaciones. Alzó los ojos mientras yo tenía fija en ella la mirada, sin demostrar el más mínimo sobresalto ni emoción, ni sentido de culpabilidad ni temor.

—Buenos días, señorita —me dijo.

Y siguió cosiendo.

—¿Pasó algo aquí? —dije con aire inocente—. Me pareció oír voces.

—El señor se quedó dormido leyendo anoche en la cama y dejó la vela encendida. Las cortinas comenzaron a quemarse, pero afortunadamente despertó antes de que se incendiaran las ropas de la cama y logró sofocar las llamas con el agua del jarro.

—¡Qué raro! —dije, mirándola fijamente—. ¿No despertó nadie con el ruido?

Me examinó con recelo y luego dijo:

—Sabe, señorita, lo que pasa es que los criados duermen alejados de estas habitaciones. Las más próximas a esta son la de la señora Fairfax y la suya, y ella dijo que no había oído nada. Claro que las personas de más edad tienen el sueño más pesado.

Hizo una pausa y luego añadió en tono irónico:

—Pero usted es joven, señorita, ¿acaso escuchó algo?

—Lo que oí fue una carcajada muy extraña —respondí bajando la voz—. Es poco probable que se riera el señor, en semejante peligro. Debió soñar, señorita.

—No lo soñé —repuse enojada.

Me miró otra vez con mirada socarrona.

—¿Le dijo al señor que oyó carcajadas?

—No he tenido oportunidad todavía.

—¿Y no pensó en abrir su puerta para ver qué pasaba?

Parecía querer sonsacarme. Juzgué prudente mantenerme en guardia.

—Por el contrario —respondí—, eché el cerrojo de mi puerta.

—¿Así que no acostumbra echarlo antes de dormirse?

"¡Perversa!", pensé, "quiere saber mis costumbres para hacer sus planes."

—No lo creía necesario, pero de ahora en adelante tendré buen cuidado de asegurarlo todo antes de acostarme.

—Es mejor que lo haga, señorita —fue su respuesta—, a pesar de que siempre ha sido tranquilo todo por aquí, pero como en la casa hay pocos criados porque el señor viene por cortas temporadas, yo creo que es prudente tener siempre las puertas cerradas.

Todavía no salía de mi asombro ante lo que me parecía su extraordinaria hipocresía y cinismo, cuando entró la cocinera.

—Señora Poole —le dijo—, la comida de la servidumbre ya está lista. ¿Baja usted?

—No, ponga mi botella de cerveza, un poco de carne, queso y un pedazo de pastel en una bandeja y yo la llevaré arriba —contestó ella.

La cocinera me dijo que la señora Fairfax me aguardaba, de modo que salí de la habitación y me fui a la salita, donde la señora me ofreció una taza de té.

—Hace una noche hermosa —dijo, mientras miraba por la ventana—, aunque sin estrellas. El señor Rochester ha tenido buen tiempo para su viaje.

—¡Viaje! Ignoraba que hubiera salido.

—Partió después de desayunar. Fue a The Leas, la mansión del señor Eshton, a diez millas al otro lado de Millcote. Creo que se han reunido allí lord Ingram, sir George Lyn, el coronel Dent y otros.

—¿Espera que vuelva esta noche?

—No, probablemente se quedará fuera una semana o más. Se entretienen mucho cuando se juntan allá. Y sobre todo las damas, que sienten predilección por el señor.

—¿Hay damas en The Leas?

—Están la señora Eshton y sus tres hijas, y también Blanche y Mary Ingram con su madre, mujeres muy hermosas. Las conocí cuando vinieron a un baile que dio el señor Rochester hace unos siete años. Blanche era una muchacha de cuello largo, tez aceitunada, pelo azabache y unos ojos grandes y negros como los del señor Rochester. Vestía de blanco y fue muy admirada, no sólo por su belleza sino también por su linda voz. Ella y el señor Rochester cantaron a dúo.

—No sabía que el señor Rochester cantara.

—Tiene una excelente voz de bajo y gran sentido musical. Y la señorita Ingram, además de cantar tan bien, tocaba maravillosamente el piano.

—¿Y no está casada esta hermosa y dotada dama?

—Parece que no. Supongo que será porque ni ella ni su hermana tienen fortuna, pues el hermano mayor heredó todo.

—¿Y cómo no se ha enamorado de ella el señor Rochester?

—¡Pero si hay tanta diferencia de edades! Él tiene cerca de cuarenta y ella sólo veinticinco. Pero usted no come nada, Jane, ¿quiere más té?

Cuando estuve sola en mi dormitorio, repasé mentalmente la información obtenida; miré el interior de mi corazón, para devolverlo a terreno seguro, al redil impagable del sentido común.

Quedó demostrado que yo había rechazado la realidad para devorar dichosa lo ideal. Acusada en mi propio tribunal, pronuncié sentencia: jamás había existido loca mayor que Jane Eyre, jamás necia más grande se había saciado de dulces mentiras, saboreando veneno como si fuera néctar.

"¿Tú —dije— dotada del poder de distraer al señor Rochester? ¿Tú importante para él? ¡Pobre y estúpida incauta! ¿Recordaste esta mañana la escena de la noche anterior? ¡Avergüénzate! ¡Abre tus legañosos párpados y contempla tus propias insensateces! Es locura en todas las mujeres avivar un amor secreto en su interior que, si no es correspondido o conocido, debe despedazar la vida que lo alimenta. Escucha, Jane Eyre, tu castigo: mañana pon un espejo ante ti y dibuja tu propio retrato y titúlalo "Retrato de una institutriz sola, pobre y vulgar". Y luego dibuja el retrato de Blanche Ingram, según la descripción de la señora Fairfax, y llámalo "Retrato de Blanche, una perfecta dama de categoría". ¡Y nada de lamentaciones! En el futuro, cuando se te ocurra imaginar que el señor Rochester piensa bien de ti, saca estos dos retratos y compáralos y di: ¿Hay alguna posibilidad de que el señor Rochester dedique un pensamiento serio a esta plebeya insignificante e indigente? ¡Deja de soñar, Jane Eyre!"

"Lo haré", resolví. Una vez tomada esta determinación, me sentí más sosegada y me quedé dormida.

Al día siguiente esbocé en pocas horas mi retrato con tizas de colores y al cabo de otros quince días terminé el de una imaginaria Blanche Ingram. El contraste era tan grande como se podrá suponer. La tarea mantuvo mi cabeza y mis manos ocupadas y logré estampar en mi corazón las impresiones que deseaba no olvidara jamás.

Pasado algún tiempo tuve motivos para felicitarme por la disciplina a que sometí mis sentimientos. Gracias a eso pude enfrentarme a los sucesos con serenidad.

# CAPÍTULO XII

Transcurrió una semana y no había noticias del señor Rochester. La señora Fairfax dijo que frecuentemente abandonaba la mansión de modo igualmente abrupto e insólito, y que si había ido a Londres no volvería antes de un año. Cuando escuché esto empecé a sentir un extraño desfallecimiento en mi corazón, pero hice acopio de fuerzas y lo llamé al orden rápidamente. Y me dije: "Nada tienes que ver con el dueño de Thornfield salvo recibir tu salario, así que no le hagas objeto de tus sentimientos, agonías y tristezas. No es de tu clase, manténte en tu nivel y ten la dignidad de no prodigar el amor de todo tu corazón, alma y fuerzas donde semejante ofrenda es inoportuna y donde hallarías sólo desdén."

Seguí con mis tareas cotidianas apaciblemente, pero de vez en cuando vagas ideas cruzaban mi mente sobre los motivos por los cuales debería abandonar Thornfield, y empezaba a redactar avisos para buscar un nuevo empleo.

El señor Rochester llevaba ausente más de quince días cuando el correo trajo una carta suya a la señora Fairfax mientras tomábamos el café juntas, en la que anunciaba su regreso para dentro de tres días más, acompañado de unos amigos.

Sentí que un violento sonrojo cubría repentinamente mi rostro. No quise preguntarme por qué me temblaba la mano ni por qué derramé la mitad del café.

Esos tres días se ocuparon completamente en arreglar la casa; se limpiaron habitaciones para alojados, se cepillaron las alfombras, se descolgaron y volvieron a colgar los cuadros, se sacó brillo a los espejos y a los cristales de las lámparas.

Trabajé tanto que no tuve tiempo para alimentar quimeras y creo que pasé aquellos días alegre y activa como todos.

La única que no participó en los preparativos fue Grace Poole. Ella seguía su vida normal, yendo y viniendo del tercer piso al primero a buscar su comida, con su cofia almidonada, su delantal blanco y sus pies enfundados en suaves zapatillas. Me la imaginaba sentada todo el día cosiendo, y probablemente riendo horriblemente, tan solitaria como un prisionero en su mazmorra.

Lo más extraño de todo es que nadie de la casa, excepto yo, parecía reparar en ella. Sólo una vez oí que una criada le comentaba a Leah:

—Esa Grace Poole recibe tan buen sueldo, ojalá lo tuviera yo. No es que me queje, pero mi sueldo no llega ni a la quinta parte del que ella recibe. Claro que ella sabe su oficio y ni por todo el oro del mundo quisiera hallarme en su lugar.

Al verme Leah dio un codazo a la criada.

—¿Ella no sabe? —susurró ésta.

Leah negó con la cabeza y, naturalmente, cesó la conversación.

Deduje que había un misterio en Thornfield que yo ignoraba.

La tarde de la llegada del señor Rochester, la casa estaba maravillosa, llena de jarrones con flores exóticas. Por fin se oyeron los carruajes. Al galope se acercaban cuatro jinetes, dos caballeros jóvenes y el señor Rochester, que iba a la cabeza acompañado de una dama en traje de montar rojo. Lo seguía Pilot, ladrando con entusiasmo.

—¡La señorita Ingram! —exclamó la señora Fairfax y salió apresuradamente a recibirlos.

Adèle y yo nos quedamos arriba, en la sala de estudios. Pronto se oyeron pasos ligeros por los pasillos y las risas de las señoras que iban a sus habitaciones a cambiarse de ropa. Luego bajaron a reunirse con los caballeros y el bullicio de conversaciones y risas llegaba hasta nosotros.

—Se cambiaron sus trajes —dijo Adèle, que había escuchado atentamente, siguiendo todos los movimientos de los huéspedes—. Cuando mamá recibía amigos, yo la seguía por todas partes, y miraba como peinaban a las señoras y las vestían. ¡Era tan entretenido!

—¿No tienes hambre, Adèle? —pregunté.

—¡Claro que tengo hambre, mademoiselle! Hace como seis horas que no comemos nada.

Bajé con toda precaución la escalera trasera que conducía a la cocina. Había un movimiento inusual, pues se habían contratado nuevas sirvientas para atender a los invitados, y éstas y los cocheros y los criados de los caballeros llenaban el recinto. Atravesé este caos y me apoderé de un plato de pollo frío, unos panecillos, algunas tartas, platos y cubiertos. Cuando regresaba, divisé en la galería algunos grupos de damas vestidas con extrema elegancia y que conversaban en tono tan suave como nunca antes escuchara.

Encontré a Adèle espiando por la puerta de la sala de estudios.

—¡Qué señoras tan bonitas! —exclamó—. ¿Cree que el señor Rochester enviará a buscarnos después de la cena?

—No, no creo que lo haga. El señor Rochester tiene otras cosas en qué pensar esta noche. Ven, aquí tienes tu comida.

Cuando terminó de comer, le conté cuentos, pero estaba demasiado excitada, de modo que la llevé al corredor. No se veía nada desde allí, pero se escuchaba el rumor de voces. Más tarde empezó la música y nos sentamos las dos en la escala. Una de las señoras empezó a cantar, con una voz muy dulce. Estuvimos allí largo rato, hasta que el reloj anunció las once. A Adèle ya se le cerraban los ojos y la tomé en brazos para llevarla a su cama.

Al día siguiente los invitados salieron a dar un paseo por los alrededores. Como la vez anterior, la señorita Ingram era la única que iba a caballo y el señor Rochester galopaba a su lado.

—Dijo usted que era improbable que pensaran en casarse el señor Rochester y la señorita Ingram —dije a la señora Fairfax que estaba a mi lado mirando por la ventana—, pero es evidente que la prefiere a las otras señoras.

—Sí, no hay duda de que la admira mucho.

—Y ella también —añadí—, mire como inclina la cabeza hacia él como si estuvieran conversando algo confidencial. Me gustaría verle la cara porque de lejos no alcanzo a apreciarla bien.

—La verá esta noche —repuso la señora Fairfax—, pues el señor Rochester quiere que Adèle y usted vayan al salón después de cenar.

—Estoy segura de que no hay ninguna necesidad de que yo vaya; lo habrá dicho por cortesía.

—Le indiqué al señor Rochester que usted no está habituada a las fiestas y que no creía que le gustara aparecer ante gente desconocida. Pero él replicó: "¡Tonterías! Si se opone, dígale que es mi deseo, y si se resiste, dígale que vendré a buscarla en caso de rebeldía".

—No le daré esa molestia —respondí—. Iré, si no hay más remedio.

—Le diré la manera de evitar la vergüenza de hacer una entrada formal: entre al salón mientras ellos estén en el comedor, escoja un sitio en cualquier rincón discreto que le parezca bien. No es preciso que esté mucho tiempo. Deje que el señor Rochester vea que usted está allí y luego escabúllase, nadie reparará en usted.

—¿Cree que se quedarán muchos días más?

—Tal vez dos o tres semanas y seguramente el señor Rochester los acompañará de vuelta. Me sorprende que haya permanecido durante tanto tiempo en Thornfield.

Arreglé a Adèle y luego fui a vestirme. Me puse el vestido gris que comprara para el matrimonio de la señorita Temple y mi único adorno, el broche de perlas.

Bajamos y, bastante nerviosas, entramos al salón. Estaban solamente las mujeres. Eran ocho, algunas muy altas, muchas iban vestidas de blanco y todos sus atavíos eran majestuosos. Les hice una reverencia; algunas me contestaron con una inclinación de cabeza, las demás se limitaron a mirarme. Se dispersaron por la habitación como una bandada de aves. Algunas se recostaron en los sofás, otras se pusieron a examinar las flores y los libros, el resto se agrupó en torno al fuego.

Las más distinguidas eran Blanche y Mary Ingram, muy altas y erguidas. También lo era su madre, una mujer muy buenamoza de unos cincuenta años, pero sus maneras revelaban una altivez casi intolerable. Me recordó a la señora Reed. Examiné a Blanche para ver si se parecía al retrato que yo pintara y, más que nada, para ver si me parecía probable que fuese del gusto del señor Rochester.

Era igual a mi retrato, y para comprobar lo segundo, tenía que verlos juntos.

Se dice que el genio es pagado de sí mismo. Ignoro si la señorita Ingram era un genio, pero sí me di cuenta de que estaba pagada de su persona. Hablaba de todo con enorme seguridad; tocó el piano y su ejecución fue brillante; cantó y su voz era hermosa.

Adèle no soportó quedarse junto a mí, que me había sentado en un rincón del salón, sino que se unió a las damas donde fue recibida con grandes muestras de cariño.

Ella estaba feliz, hablando en francés y en su inglés chapurreado.

Entraron finalmente los caballeros, que se habían quedado en el comedor fumando sus cigarros.

Sin necesidad de mirar a la puerta, vi entrar al señor Rochester. Traté de concentrar la atención en mi tejido, deseaba pensar sólo en los palillos, ver sólo los hilos de seda que tenía en el regazo, pero inevitablemente evoqué la última vez que lo había visto antes de su viaje, cuando, sosteniendo mi mano y mirándome fijamente, me contempló con ojos que revelaban un corazón lleno de emociones de las que yo formaba parte. ¡Qué cerca estuve de él en aquel momento! ¿Qué había ocurrido desde entonces para que cambiaran nuestras relaciones? ¡Qué distintos y lejanos estábamos ahora! Tanto que no me sorprendió que, sin ni siquiera mirarme, ocupara un asiento al otro lado de la habitación y se pusiera a conversar con las señoras, sin acercarse a mí.

En cuanto vi que su atención se concentraba en ellas, mis ojos buscaron involuntariamente su rostro, su frente, sus ojos profundos, su boca firme, ese rostro que para mí era el más hermoso del mundo. Lo miraba y sentía un placer agudo pero punzante a la vez. Ese rostro tenía una influencia que me dominaba, que hacía desbordar mis sentimientos para encadenarlos a su poder. No pretendí quererlo, luché esforzadamente para extirpar de mi alma los gérmenes de amor que descubriera en ella, pero ahora renacían espontáneamente, y más fuertes todavía. Me obligó a quererlo sin fijar sus ojos en mí.

Lo comparé con los invitados. ¿Qué eran la elegancia y distinción de ellos ante el vigor y poder del señor Rochester? Lo vi sonreír, y sus facciones se suavizaron y su mirada revelaba dulzura y comprensión mientras hablaba con las señoritas Eshton.

"Para ellas no es lo mismo que para mí", pensé. "Estoy segura de que él pertenece a mi casta, no a la de ellas. Tengo en el corazón y en la sangre algo que me asimila mentalmente a él. ¿Me prohibí pensar en él? ¡Qué blasfemia! Todos mis sentimientos giran en torno a él. Sé que debo ocultar mis emociones, que debo contener la esperanza y recordar que no puede fijarse en mí. Tengo que repetirme continuamente que estamos separados para siempre, que no pertenezco a su clase. Y, sin embargo, lo amaré mientras viva."

Sirvieron el café. Las señoras, desde que habían entrado los caballeros, se mostraban vivaces como alondras. La conversación era animada y alegre. Se formaron parejas que conversaban en distintos rincones. Blanche Ingram estaba sola, parecía esperar que la eligieran, pero no aguardó mucho tiempo y se acercó al señor Rochester, que después de separarse de las Eshton, estaba solo ante la chimenea.

—Señor Rochester —le dijo—, creía que no le gustaban los niños.

—Así es.

—¿Qué le indujo entonces a encargarse de esa muñequita? ¿Dónde la recogió?

—No la recogí. La dejaron en mis manos.

—Debería mandarla a un colegio.

—No podría enfrentar ese gasto, los colegios son muy caros.

—Pero supongo que tiene institutriz para la niña, hace un momento la vi con alguien... ¿se ha ido? No, allí está todavía. Su sueldo debe resultar igualmente caro, o más.

Temí —o más bien esperé— que el señor Rochester mirara en mi dirección, pero ni siquiera se movió.

—No lo he pensado —dijo, con indiferencia.

—En nuestra infancia, Mary y yo tuvimos al menos una docena de institutrices, todas detestables y ridículas, ¿verdad, mamá?

—¡Ni me las nombres! —dijo la señora Ingram—. Sufrí un martirio por su incompetencia y caprichos. ¡Doy gracias al cielo por verme libre de ellas!

La señora Dent se inclinó hacia ella y susurró algo en su oído. Por la respuesta deduje que le recordó que estaba presente un miembro de aquella maldita raza.

—¡Qué me importa! —dijo su señoría—. Espero que mis palabras le hagan bien.

Luego, bajando la voz, pero lo suficientemente alto para que yo pudiera oírla, agregó:

—Ya la observé. Tengo un juicio certero para juzgar por la fisonomía y en ella veo todos los defectos de su clase.

—¿Cuáles son, señora? —inquirió el señor Rochester en voz alta.

—Se los diré en privado más adelante —replicó ella.

—Pero más adelante no me interesará, quiero saber ahora.

—Pregunte a Blanche.

—Yo tengo una sola palabra que decir de toda la tribu —dijo Blanche—, y es que son una molestia. Las que tuvimos eran todas enfermizas, lloronas, o bien ásperas e insensibles. La peor fue la Wilson que se tomó la libertad de enamorarse de nuestro tutor. Mamá en cuanto lo supo la echó, ¿te acuerdas, mamá?

—Desde luego, querida.

—Son peligro de mal ejemplo para la inocencia de los niños. Y ahora —añadió dirigiéndose al dueño de casa—, sugiero que hablemos de otra cosa, ¿está de acuerdo conmigo, señor Rochester?

—En esto y en todo lo que quiera.

—Entonces, cantemos.

Se sentó al piano y, con mil coqueteos, hizo cantar al señor Rochester.

"Es el momento de escabullirme", pensé. Pero me detuvo la hermosa voz del señor Rochester, profunda y suave. Aguardé hasta que muriera la última nota y salí calladamente por la puerta lateral. Cuando atravesé el pasillo observé que tenía una sandalia desatada. Me detuve para anudarla, arrodillándome sobre la alfombra a los pies de la escalera. Oí que se abría la puerta del comedor y, al enderezarme, me vi frente al señor Rochester.

—¿Cómo está usted? —preguntó.

—Muy bien, señor.

—¿Por qué no se acercó a hablarme?

—No quise molestarlo, pues usted estaba ocupado.

—¿Qué ha hecho durante mi ausencia?

—Nada de particular. Dar clases a Adèle, como de costumbre.

—Está más pálida que antes. Lo observé en seguida. ¿Qué ocurre?

—Nada, señor.

—¿Se resfrió esa noche en que por poco me ahoga?

—No, señor.

—Regrese al salón, aún es temprano para marcharse.

—Estoy cansada, señor.

Me miró unos instantes.

—Y un poco deprimida —dijo—. ¿Por qué razón? Dígamelo.

—Por nada... por nada, señor. No estoy deprimida.

—Pero yo insisto en que sí. Está tan deprimida que algunas palabras más arrancarían lágrimas de sus ojos. En efecto, aquí están ya, reluciendo, y una se ha deslizado de la pestaña para caer sobre la baldosa. Si tuviera tiempo y no temiera mortalmente el estúpido comadreo de alguna criada que pasara, sabría qué significa todo esto. Bien, la disculpo por esta noche, pero tenga presente que mientras permanezcan aquí mis invitados, espero que aparezca en el salón todas las noches. Ese es mi deseo, no lo olvide. Ahora váyase, y diga a Sophie que venga en busca de Adèle. Buenas noches, mi...

Se detuvo, se mordió los labios, y me dejó bruscamente.

# CAPÍTULO XIII

Fueron días muy alegres en Thornfield, y muy ajetreados. Gracias al sol de primavera había paseos por el campo todos los días. Incluso un día que llovió, la alegría no se empañó en lo más mínimo. Y en la noche el grupo decidió jugar a las charadas. La señora Fairfax revolvió los armarios del tercer piso buscando enaguas bordadas, velos, chaquetas de raso, etc. Los participantes se dividieron en dos bandos.

—La señorita Ingram es para mí, desde luego —dijo el señor Rochester, que encabezaba uno.

Después eligió otras tres personas más. Por casualidad yo me hallaba cerca de él asegurando el cierre del brazalete de la señora Dent.

—¿Quiere jugar? —me preguntó.

Sacudí la cabeza y me permitió regresar a mi asiento habitual. Uno de los caballeros propuso pedirme que me incorporara al juego, pero la señora Ingram se opuso.

—No —oí que decía—. Parece demasiado estúpida para un juego de esta clase.

Se trataba de que un bando hacía la teatralización de una palabra y el otro bando debía adivinarla.

Ya no recuerdo las palabras que había que adivinar, sólo veo al señor Rochester volverse a la señorita Ingram y a ésta dirigirse a él. Aún la veo inclinar la cabeza, mientras sus cabellos casi tocaban su hombro y rozaban su mejilla. Oigo sus susurros, recuerdo las miradas que intercambiaban y el sentimiento que tal espectáculo provocaba en mí. Supongo que la palabra sería "amor", o "novia", o algo así.

Amaba al señor Rochester y me era imposible detestarlo porque no me hacía caso, porque todas sus atenciones eran para esa gran dama que apartaba de mí su mirada como si yo fuera un objeto demasiado insignificante para merecer su atención.

Pero no sentí celos. La naturaleza del dolor que sufría no podía definirse con esa palabra. Consideré a la señorita Ingram demasiado inferior para inspirar tal sentimiento. Era muy vistosa, pero no era natural; tenía una hermosa figura, pero su mente era pobre, su corazón, estéril. No era buena, no era original. Sólo repetía frases de libros, jamás aportaba una opinión propia. Carecía de ternura y sinceridad. Lo demostró en la violenta antipatía que concibió contra la pobre Adèle, que sólo quería estar entre esa gente tan elegante como lo hiciera antes con los amigos de su madre, y a veces la obligaba a abandonar el salón, tratándola con frialdad y aspereza. Además de mis ojos, había otros que observaban aguda y detenidamente estas manifestaciones de su carácter. El propio futuro prometido, el propio señor Rochester, sometía a su futura a una incesante observación. Y era esa sagacidad suya, esa conciencia perfecta y clara de los defectos de su amada, esa evidente ausencia de pasión en sus sentimientos hacia ella, lo que provocaba mi mayor sufrimiento.

Veía que iba a casarse con Blanche por razones familiares, tal vez políticas, porque su rango y relaciones le convenían. Y comprendí que ella era incapaz de enamorarlo. Si lo hubiera logrado y él hubiera puesto sinceramente su corazón a sus pies, yo habría cubierto mi rostro, me habría vuelto hacia la pared y habría muerto para ellos. Si la señorita Ingram hubiera sido una mujer buena y noble, dotada de fuerza, fervor, amabilidad y sentido, yo habría luchado con dos tigres —los celos y la desesperación—; entonces, con el corazón hecho pedazos, la habría admirado, habría reconocido su superioridad y me hubiera resignado dócilmente para el resto de mis días. Pero observar los esfuerzos de la señorita Ingram por fascinar al señor Rochester, presenciar su repetido fracaso, que ella ignoraba; verla vanagloriarse estúpidamente de haber obtenido éxito, cuando su orgullo y engreimiento alejaban cada vez más a quien deseaba seducir; presenciar todas sus maniobras me hacía mal y me llenaba de tensión.

Porque cuando ella fracasaba, veía cómo habría salido yo victoriosa. Las flechas que rebotaban en el pecho del señor Rochester, se habrían clavado en su orgulloso corazón si las disparara una mano más certera. O mejor aún, podría haber ganado una batalla silenciosa, sin armas.

"No puede quererlo de verdad", pensaba, "porque si lo quisiera no tendría necesidad de esas sonrisas falsas, de sus poses tan artificiales. A mi juicio, con sentarse simplemente a su lado, serena, hablando poco y mirando menos, podría acercarse más a su corazón. Yo he visto en su rostro una expresión muy distinta de la que lo endurece mientras ella lo asedia con sus coqueteos".

Me sorprendí profundamente cuando comprendí la intención del señor Rochester de casarse por interés y conveniencia. Pero entendía que tanto él como la señorita Ingram obraban de acuerdo a principios que les fueron inculcados en su infancia. Para mí tales conveniencias ́no existían, pues si hubiera sido hombre me habría casado sólo con la mujer que amara.

Pero como amaba al señor Rochester, olvidaba todos sus defectos, no veía nada malo en él. La ironía y la aspereza que una vez me molestaron eran ahora como los condimentos de un plato exquisito. Y adoraba esa indefinible expresión entre siniestra y apenada que se apreciaba en el fondo de sus ojos, ese algo que solía asustarme y hacerme temblar como si anduviera por cumbres volcánicas y sintiera estremecerse el piso bajo mis pies. En lugar de rehuirlo, sólo anhelaba adivinar qué era esa extraña profundidad que vislumbraba en su mirada. Y creí que la señorita Ingram se sentiría feliz por tener la posibilidad de mirar en ese abismo, explorar sus secretos y analizar su naturaleza.

Un día el señor Rochester tuvo que ir a Millcote por asuntos de negocios. La tarde transcurrió lentamente. Parecía que al faltar el dueño de casa, los huéspedes se aburrían. Él, y la señorita Ingram por estar siempre a su lado, eran el alma de la reunión.

Cuando se acercaba la hora de la cena, Adéle, que estaba arrodillada a mi lado en el asiento de la ventana del salón, exclamó:

—¡Ahí viene el señor Rochester!

Me volví y la señorita Ingram rápidamente se irguió en el sofá en el que estaba recostada. Todos dejaron sus diversas ocupaciones al sentir el ruido de las ruedas de un carruaje y las pisadas de los caballos.

—¿Por qué regresa en coche, si se fue a caballo y lo acompañaba Pilot? —preguntó la señorita Ingram.

Mientras hablaba se asomó a la ventana y, al ver que del carruaje bajaba un caballero que no era el señor Rochester, exclamó indignada:

—¡Para qué dices mentiras, niñita! ¿Quién te encaramó en esa ventana para anunciar tonterías? —y echó sobre mí una mirada enojada, como si yo fuera la culpable.

No tardó en entrar al salón el forastero. Era un hombre de aspecto distinguido al que nadie conocía.

—Por lo visto llego en mal momento —dijo el visitante—, puesto que no está el señor Rochester en casa. Pero soy un amigo lo suficientemente antiguo e íntimo para quedarme y aguardar su regreso.

Cuando volvieron al salón después de cenar, pude mirarlo con mayor detenimiento. Me llamó la atención su acento algo peculiar, no totalmente extranjero, pero tampoco totalmente inglés. Tenía casi la misma edad del señor Rochester. Examinándolo con detenimiento se advertía algo desagradable en su rostro. Algo en sus ojos reflejaba una vida hueca, insípida; por lo menos así lo creí yo. Su mirada era vaga, lo que le daba una extraña expresión que no recordaba haber visto antes. Me resultaba sobremanera repulsivo a pesar de sus modales corteses. Se había definido como un antiguo e íntimo amigo del señor Rochester y pensé en eso de que "los extremos se juntan".

Se puso a conversar con los caballeros al lado de la chimenea y pude escuchar algo de su conversación, que me resultó bastante sorprendente. Así me enteré de que se llamaba Mason, que acababa de llegar a Inglaterra desde Jamaica, donde había entablado amistad con el señor Rochester. ¡Nunca le había oído decir a la señora Fairfax que el señor Rochester hubiera viajado fuera del continente europeo!

Me encontraba reflexionando en estas cosas cuando un incidente algo imprevisto rompió el hilo de mis meditaciones. Sam, uno de los servidores, entró con el carbón para la chimenea y, luego de avivar el fuego, se acercó al señor Eshton y le dijo algo en voz baja, de lo que sólo pude escuchar las palabras "anciana" y "bastante importuna".

—¿Qué quiere? —preguntó éste.

—Decir la buenaventura —respondió Sam—, y jura que debe hacerlo y lo hará.

—Que se marche —replicó el señor Eshton.

—No —dijo otro de los huéspedes—, habrá que preguntar a los demás.

—¡Sí, sí, que venga la bruja! —exclamaron todos los jóvenes—. ¡Será una distracción excelente!

—Vaya a buscarla —ordenó la señorita Ingram—. Tengo curiosidad por saber cuál será mi buenaventura.

—¡Pero, Blanche, me opongo a que venga una bruja a este salón! —exclamó su madre.

—Puedes oponerte, mamá —replicó la altiva voz de Blanche—, pero yo quiero que venga, de modo que se cumplirá mi voluntad.

El sirviente aún vacilaba.

—Tiene un aspecto tan asqueroso —dijo.

—¡Vaya a buscarla! —ordenó la señorita Ingram, y el criado salió de inmediato.

Regresó diciendo que la anciana no quería venir ante el "rebaño vulgar", esas fueron sus palabras, sino que quienes desearan consultarla debían ir de a uno a la habitación donde estaría ella.

—Llévela a la biblioteca —dijo Blanche—, yo seré la primera en ir. ¡Quiero tenerla para mí sola!

—Señorita, el aspecto de esa vieja bruja le dará miedo.

—Yo iré a verla antes —dijo el coronel Dent—, dígaselo así, Sam.

Sam obedeció y regresó diciendo:

—Dice, señor, que no quiere ver a ningún caballero, que sólo recibirá a las jóvenes solteras.

—¡Tiene buen gusto! —exclamó riendo uno de los caballeros.

La señorita Ingram se puso de pie con gran solemnidad.

—Yo iré primero —dijo.

Y se dirigió a la biblioteca. Trancurrieron quince minutos antes de que volviera a aparecer en el salón. Todos los ojos estaban fijos en ella con inmensa curiosidad. No venía nerviosa ni contenta, sino con una expresión fría y contrariada.

—¡Cuenta, Blanche! —dijeron todos—. ¿Es realmente una adivina? ¿Qué te dijo?

—Paciencia, amigos —respondió—. He visto a una gitana errante, ha hecho su típica quiromancia y me ha dicho lo que suele decir esta gente. He satisfecho mi deseo, y creo que el señor Eshton debería hacer encerrar a esa bruja.

No cabía duda de que no había escuchado nada halagador y, a mi juicio, el estado de tristeza y preocupación en que cayó probaban que atribuía indebida importancia a las revelaciones que le acababan de hacer. Se fue a sentar en un sillón, tomó un libro, pero no la vi volver la página durante media hora.

Las demás jóvenes fueron a ver a la anciana todas juntas y volvieron dando gritos de asombro.

—¡Estoy segura que es una bruja perversa! —exclamaron al entrar al salón—. ¡Sabe todo de nosotras! ¡Nos dijo unas cosas!

Dijeron que la anciana les habló de su infancia, de sus pensamientos más secretos, y le dijo a cada una el nombre de la persona que les gustaba y qué era lo que más anhelaban.

Los caballeros gritaban pidiendo que dijeran aquellos nombres pero ellas se negaron, entre sonrojos y risitas, frasquitos de sales y abanicos.

En medio del alboroto, oí la voz de Sam que me decía que la gitana esperaba a la última joven que quedaba en el salón, y que no se iría hasta que la viera.

—Iré con mucho gusto —respondí.

Me alegraba tener la oportunidad de satisfacer mi curiosidad.

—Si lo desea, señorita —dijo Sam—, la esperaré en el vestíbulo y en caso de que la atemorice sólo tiene que llamarme y acudiré en su ayuda.

—No, Sam, vuelva a la cocina. No estoy asustada.

Y era cierto. Lo que sentía era un enorme interés y emoción.

# CAPÍTULO XIV

Cuando entré a la biblioteca, la gitana estaba cómodamente sentada en un sillón junto al fuego. Llevaba una capa roja y un sombrero gitano negro de anchas alas sujeto a la barbilla con un pañuelo a rayas. Leía un librito negro, y musitaba palabras para sí, como lo hacen la mayoría de las ancianas.

Cerró su librito y alzó lentamente la cabeza; el ala del sombrero oscurecía gran parte de su rostro y sin embargo pude distinguir un semblante hosco y moreno, unas greñas de pelo que le llegaban casi hasta las mejillas. Me miró derecho a los ojos, con terrible fijeza.

—¿Quiere que le cuenta la buenaventura? —dijo.

—Me da lo mismo, abuela, hágalo si quiere, pero le advierto que no tengo fe en usted.

—Es digno de su descaro hablar así, lo percibí en sus pisadas cuando cruzó el vestíbulo.

—Tiene el oído fino.

—Sí, y también la mirada y el cerebro.

—Los necesita en su profesión.

—Especialmente cuando trato con clientes como usted. ¿Por qué no tiembla?

—No tengo frío.

—¿Por qué no se pone pálida?

—Porque me siento bien.

—¿Por qué no cree en mis artes?

—No soy necia.

La vieja se rió, sacó de sus ropajes una pipa corta y empezó a fumar. Después dijo, mirando atentamente el fuego:

—Tiene frío, no se siente bien y es necia.

—Demuéstrelo —repliqué.

—Lo haré y en pocas palabras. Tiene frío porque está sola, ningún contacto hace arder el fuego que hay en su interior. No se siente bien porque el amor, el más elevado y dulce de los sentimientos, se mantiene alejado de usted. Es necia porque, pese a cuanto sufra, no le indicará que se acerque ni dará un paso por hallarlo donde la aguarda.

—Hay miles de personas en mi situación a quienes podría decir lo mismo, y yo ya sé que ésas son mis circunstancias.

—En primer lugar, apenas podría encontrar una sola a quien decírselo. Y en segundo, si usted lo sabía ya, está en una situación realmente peculiar, muy próxima a la felicidad, sí, al alcance de ella. Escúcheme: todo está dispuesto, sólo falta un movimiento que combine los materiales. El azar los colocó algo distanciados; tienen que acercarse de una vez y el resultado será la dicha.

—No entiendo los acertijos.

—Si quiere que hable más claro, muéstreme la palma de la mano.

—Y con dinero en ella, supongo.

—Ciertamente.

Le di un chelín. La gitana lo guardó en una media que sacó del bolsillo, y aproximó su rostro sin tocar mi mano.

—No puedo hacer nada con ella —dijo—, carece de líneas. Además, el destino no está escrito en una mano, pero sí en el rostro, en la frente, en los ojos, en la boca. Arrodíllese y levante la cabeza.

Le obedecí.

—Ahora se acerca a la realidad —dije—. Empezaré a tener algo de fe.

Me arrodillé a poca distancia de ella. Avivó el fuego, pero la luz sólo iluminó mi rostro y el suyo quedó en las sombras.

—Me pregunto con qué sentimientos se acerca a mí —dijo examinando mi mano—. Me pregunto qué piensa cuando permanece sentada en aquel salón rodeada de gente elegante que mariposea a su alrededor, como sombras que no tienen ninguna afinidad con usted.

—Siento hastío, a veces sueño, nunca tristeza.

—Luego, ¿tiene alguna esperanza secreta que la alienta y alegra?

—No, mi única esperanza es ahorrar dinero para instalar algún día una escuela en una casita de mi propiedad.

—Poco alimento es ese para el espíritu. ¿No tiene interés en ninguna de las personas que ocupan sofás y sillones? ¿No estudia algún rostro mientras permanece sentada junto a la ventana, alguien a quien siga con los ojos, con curiosidad por lo menos?

—Me gusta observar a la gente, me divierte.

—Pero dígame qué piensa cuando ve a esa gente que la rodea, en especial cuando ve a una bella dama que sonríe a los ojos de un caballero que usted...

—¿Yo, qué?

—Que usted conoce y que acaso le gusta.

—No conozco a ninguno de esos caballeros.

—¿Ni al dueño de casa?

—No está aquí.

—¡Evasiva sumamente ingeniosa! Cierto. Fue a Millcote y volverá esta noche o mañana. Pero eso no lo borra de la lista de sus amistades.

—No veo qué tiene que ver el señor Rochester con el tema.

—Recientemente han llenado los ojos del señor Rochester tantas sonrisas que rebosan como copas llenas. ¿No se ha dado cuenta?

—El señor Rochester tiene derecho a gozar de la compañía de sus huéspedes.

—Nadie discute su derecho. Pero, ¿no ha observado que se habla mucho del matrimonio del señor Rochester?

—La avidez del oyente desata la lengua del narrador —dije más para mí que para la gitana, cuya extraña conversación me sumía en una especie de sueño.

—Usted ha observado al señor Rochester, lo ha visto reír y contemplar a la bella señorita, y vio amor en él, ¿no es cierto? Y mirando el porvenir lo ha visto casado, y ha considerado que su prometida lo hará feliz, ¿no es cierto?

—No exactamente. Usted no es tan buena bruja después de todo.

—¿Qué diablos ha visto, entonces?

—No importa. Vine a preguntar y no a responder. ¿Se sabe ya que el señor Rochester va a casarse?

—Sí, y con la hermosa señorita Ingram.

—¿Pronto?

—Así parece, y, aunque a usted le merezca dudas, serán muy felices. Él tiene que amar a una dama tan perfecta, noble y elegante, y ella lo ama también, si no a su persona, por lo menos a su dinero. Ella desea los bienes de Rochester y a este respecto le dije algo que la dejó extrañamente pensativa. Aconsejaré a su pretendiente que esté alerta, pues si llega otro candidato con bienes más sólidos que los suyos, quedará descartado.

—Pero yo vine a conocer mi porvenir, no el del señor Rochester.

—Su porvenir es todavía incierto. Cuando examiné su rostro, un rasgo contradecía al otro. El azar le ha destinado cierta felicidad, pero de usted depende que extienda el brazo para cogerla. Arrodíllese otra vez sobre la alfombra.

Me arrodillé. Ella me contempló desde su sillón.

—Sus ojos brillan, revelan dulzura y sentimiento. Se apartan de mí, no soportarán más escrutinio; parecen negar los descubrimientos que he hecho, pero estos ojos me son favorables. La boca se ilumina a veces con la risa; es una boca que debería hablar mucho y sonreír con frecuencia y tener afecto hacia su interlocutor. También me es propicia. El único enemigo es la frente, que parece decir: "Puedo vivir sola si es necesario. La razón es firme y no dejará que las emociones trasciendan; las pasiones pueden rugir con furia y los deseos pueden imaginar toda clase de trivialidades, pero la razón dirá la última palabra y yo seguiré esa vocecita que interpreta los dictados de la conciencia". Bien dicho, frente, respetaré tu declaración. Deseo amparar, no marchitar, ganarme gratitud, no arrancar lágrimas de sangre; no, ninguna lágrima; mi cosecha será de sonrisas, cariño y bondad. Me domina una dicha exquisita. Quisiera prolongar este momento hasta el infinito, pero no me atrevo. Hasta ahora me he dominado perfectamente, he obrado como me lo propuse, pero si sigo no podré resistirlo. Levántese, señorita Eyre, déjeme. Terminó la comedia.

Sentí que volvía en mí. ¿Dónde me encontraba? ¿Estaba despierta o dormida? ¿Estuve soñando? La voz de la anciana había cambiado, su acento me era familiar. Avivé el fuego, la luz cayó sobre su mano extendida y vi en su dedo meñique un anillo que conocía muy bien. Se había quitado el sombrero y pude ver su rostro.

—Bien, Jane, ¿me reconoce?

—Si se saca esa capa roja, señor, entonces yo...

El señor Rochester se sacó el resto del disfraz.

—Pero, señor, ¡qué idea tan extraña la suya!

—Pero bien realizada, ¿no es así?

—No tanto. Tal vez con las otras probablemente lograra su propósito, pero conmigo no. No supo identificarse con su papel de gitana conmigo.

—¿Qué papel representé entonces? ¿El mío?

—No, el de alguien inexplicable. Yo creo que sólo trató de sonsacarme o embaucarme. Ha estado contando tonterías para que yo las dijera a mi vez. Ha sido algo injusto, señor.

—¿Me perdona, Jane?

—Trataré, señor, he de meditar sobre lo que ha ocurrido. Si descubro que no cometí grandes desatinos, trataré de perdonarlo.

—¡No se preocupe, actuó con mucho cuidado y sensatez!

Creo que sospeché desde el principio que había algo raro en la gitana, sobre todo por el esfuerzo de mantener oculto el rostro.

—¿Me puedo retirar ahora, señor?

—Cuénteme antes qué dijeron de mí las demás.

—Quedaron muy impresionadas. ¿Sabe que ha llegado un visitante mientras usted estuvo afuera?

—Vaya, ¿dijo quién era? ¿Se ha ido ya?

—No se ha ido. Lo espera. Dijo que le conocía hace mucho tiempo. Es un señor Mason y viene de Jamaica, al parecer.

El señor Rochester se hallaba de pie junto a mí. Me tomó una mano y la apretó convulsivamente y se le heló la sonrisa en los labios.

—¡Mason! —dijo— ¡Mason! ¡Jamaica!

Palideció y parecía no tener conciencia de sus actos mientras oprimía mi mano.

—¿Se siente mal, señor?

—Jane, he recibido un golpe terrible, un golpe muy terrible.

Se tambaleó.

—Apóyese en mí, señor.

—En cierta ocasión me ofreció su hombro, permítame que lo acepte ahora.

—Sí, señor.

Se sentó y me hizo sentar a su lado. Sosteniendo mi mano entre las suyas me miró con ojos afligidos.

—¡Ojalá estuviera en una isla desierta con usted, y que los peligros y los recuerdos horrorosos estuvieran lejos de mí!

—¿Puedo ayudarlo? Daría mi vida por serle útil.

—Jane, si necesito su ayuda acudiré a usted, se lo prometo. Por ahora, tráigame un vaso de vino del comedor, y dígame si Mason está con los demás, y qué hace.

Me dirigí al comedor y llené un vaso de vino, luego pasé al salón. El señor Mason se hallaba junto al fuego, hablando con el coronel Dent y su esposa. Se veía muy contento, al igual que los demás invitados.

Volví a la biblioteca. El rostro del señor Rochester ya no mostraba la extrema palidez de antes y parecía de nuevo animado.

—Brindo por usted, espíritu militante —dijo tomando de un trago el vino—. ¿Qué hacen, Jane?

—Están conversando y riendo, señor.

—¿No tienen aspecto grave y misterioso, como si se hubieran enterado de algo extraño?

—En absoluto. Están de excelente humor y muy alegres.

—¿Y Mason?

—También se ríe.

—Si todas esas personas se acercaran a mí y me escupieran, ¿qué haría, Jane?

—Echarlas de la habitación, señor, si fuera posible.

Esbozó una leve sonrisa.

—Pero, si yo me acercara a ellos y se limitaran a mirarme fríamente y luego se marcharan uno tras otro, ¿qué haría? ¿Se iría con ellos?

—No, señor, creo que me alegraría mucho quedarme con usted.

—Para consolarme.

—Sí, señor, para consolarlo en la medida de mis fuerzas.

—¿Se enfrentaría a la censura de todos por mí?

—Sí, señor.

—Regrese al salón, acérquese discretamente a Mason y dígale al oído que el señor Rochester ha llegado y desea verle. Condúzcalo aquí y luego déjenos.

—Sí, señor.

Cumplí su encargo. Conduje al señor Mason a la biblioteca y luego subí a mi dormitorio.

A hora avanzada, cuando llevaba en cama algún tiempo, escuché el ruido de los invitados que se dirigían a sus alcobas. Distinguí la voz del señor Rochester que decía: "Por aquí, Mason, esta es tu habitación".

Hablaba con cordialidad. Su voz tranquilizó mi corazón y no tardé en conciliar el sueño.

# CAPÍTULO XV

Contra mi costumbre, había olvidado correr la cortina y bajar la persiana, de modo que cuando salió la luna, llena y brillante, su luz me despertó.

Extendí el brazo para hacerlo y en ese momento un grito salvaje quebró el silencio de la noche y recorrió de extremo a extremo la mansión Thornfield.

Se me detuvo el pulso, el corazón dejó de latir. El grito no se repitió, y era imposible que se repitiera. Ni el poderoso cóndor de los Andes podría lanzar uno tras otro semejante aullido.

Procedía del tercer piso, donde —justo encima de mi dormitorio— se oía una lucha mortal en medio de un ruido atroz. Y una voz algo ahogada gritó:

—¡Socorro! ¡Socorro! ¡Rochester! ¡Ven, por amor de Dios!

Se abrió una puerta en el pasillo y alguien corrió escala arriba. Se oyó otro pataleo en el piso superior y el ruido de algo que caía. Luego, silencio.

Me puse el chal encima, porque tiritaba de miedo. Salí al pasillo, que pronto se llenó con los caballeros y las damas que preguntaban: "¿Qué fue eso? ¡Traigan luz! ¿Serán ladrones? ¿Será un incendio?" La confusión era total.

Del piso superior bajó el señor Rochester portando un candelabro. La señorita Ingram se aferró a su brazo.

—¿Qué ha sucedido? —dijo—. Díganos qué pasa, aunque sea horrible.

—Todo va bien —exclamó el señor Rochester—.

¡No me ahoguen! Es más el ruido que las nueces. Señoras, apártense, o me pondré peligroso.

Y realmente su aspecto era peligroso; sus ojos negros despedían chispas. Haciendo un esfuerzo para
calmarse, dijo:

—Una criada ha sufrido una pesadilla, eso es todo.
Les ruego que se calmen. Señoras, se pueden resfriar
si siguen en el pasillo.

Y de este modo, alternando las órdenes con los
ruegos, logró que todos volvieran a sus habitaciones.

Yo volví a la mía y empecé a vestirme, pues ya
no pretendía dormir. Posiblemente sólo yo oí los ruidos que siguieron al grito y las palabras pidiendo socorro, y tenía la certeza de que la explicación del señor
Rochester era simplemente una invención suya.

Al cabo de una hora todo era silencio en Thornfield. Me acababa de echar vestida encima de la cama,
cuando una mano golpeó mi puerta.

—¿Quién es? —pregunté.

—¿Está levantada? —inquirió la voz de mi señor.

—Sí, señor, y vestida.

—¿Tiene una esponja y sales medicinales?

—Sí, señor.

—Tráigalas y salga sin ruido.

Obedecí. En el pasillo estaba el señor Rochester
con una vela en la mano.

—La necesito —dijo—. Venga por aquí.

Mis zapatillas eran livianas y podía pisar el suelo
alfombrado con suavidad. Subimos la escalera y se detuvo en el nefasto tercer piso. El señor Rochester se

acercó a una de las puertecitas negras y colocó una llave en la cerradura. Se detuvo un instante y me habló de nuevo.

—¿Se desmaya a la vista de sangre?

—Creo que no.

Sentí un escalofrío al responderle, pero me sobrepuse.

—Déme la mano —dijo—, no me arriesgaré a que se desvanezca.

Puse mis dedos entre los suyos..., cálidos y firmes. Entramos en la pieza. Era una de las que me mostrara la señora Fairfax cuando me llevó a recorrer la casa. Pero en una de las paredes los tapices estaban recogidos y dejaban ver otra puerta que había estado escondida. Esta puerta estaba abierta, adentro había luz. Entonces oí un gruñido. El señor Rochester, dejando la vela, me dijo que aguardara un instante.

Entró en la estancia contigua y su entrada fue acogida con una carcajada, la carcajada de Grace Poole. Así pues, ella era la que estaba ahí. Pasó un rato y volvió a salir el señor Rochester y cerró la puerta tras él.

—Venga, Jane —dijo.

Lo seguí. Entramos en un aposento donde había una enorme cama. Junto a la cabecera del lecho, en un sillón, un hombre sentado, casi tendido, vestido, pero sin chaqueta, permanecía inmóvil con la cabeza echada hacia atrás y los ojos cerrados. El señor Rochester le iluminó el rostro. En el semblante pálido y cadavérico de aquel hombre reconocí al señor Mason.

Vi que la manga de su camisa estaba empapada en sangre.

—Sostenga la vela —me dijo el señor Rochester, y así lo hice.

Aplicó el frasco de sales a la nariz del señor Mason, quien abrió los ojos y gimió. Con la esponja, el señor Rochester limpió la sangre que salía de la herida.

—¿Hay peligro? —preguntó el señor Mason.

—Es sólo un rasguño, no temas, te traeré un médico. Jane —añadió dirigiéndose a mí—, me veo obligado a dejarla en esta habitación con este caballero por unas dos horas. Límpiele la herida con la esponja como hago yo y si se desmaya, déle agua y hágale aspirar las sales. No le hable bajo ningún pretexto, y tú, Richard, arriesgas la vida si hablas. Si das rienda suelta a tus emociones, no respondo de las consecuencias.

El infeliz volvió a gemir. Parecía no atreverse a hacer ningún movimiento. El temor a la muerte o a otra cosa parecía paralizarlo.

El señor Rochester me observó un instante mientras le limpiaba la herida al señor Mason como él me enseñara, y luego dijo:

—¡Recuerde, nada de conversaciones!

Y se fue. Experimenté una extraña sensación cuando la llave rechinó en la cerradura y no escuché más el ruido de sus pasos.

Me hallaba en el tétrico tercer piso, encerrada en una de sus celdas, rodeada de sombras. Temblaba ante la idea de que Grace Poole se abalanzara sobre mí.

Pero tenía que mantenerme en mi puesto y vigilar aquel rostro lívido, esos labios azulados a los que les estaba vedado abrirse; esos ojos que erraban por la habitación o bien se fijaban en mí reflejando horror.

Tenía que escuchar y vigilar también los movimientos de la bestia salvaje que estaba al otro lado de la puerta, en su antro. Pero parecía que la visita del señor Rochester debió hechizar a Grace Poole. En el transcurso de las horas sólo sentí una pisada, un gruñido y un profundo quejido.

¿Qué misterio encerraba esta mansión? ¿Qué criatura era esta que emitía la voz de un demonio? ¿Por qué el dueño de casa no podía expulsarla? Y este hombre, ¿por qué subió a esa pieza a estas horas, cuando tenía su habitación en el piso de abajo? ¿Por qué fue atacado por Grace? ¿Por qué el señor Rochester escondía lo sucedido ante todos? ¿Por qué Mason se mostraba tan sumiso con él? ¿Por qué mi señor casi se desmaya cuando supo la llegada del señor Mason? ¿Por qué su simple nombre fue para él como un rayo que cae sobre un roble?

A medida que la noche avanzaba, a medida que mi paciente se desangraba y gemía, mi desesperación crecía. ¿Cuándo vendrá?, pensaba.

Se había extinguido ya la vela cuando oí ladrar a Pilot abajo, fuera de su perrera. Renació la esperanza y a los cinco minutos sentí abrirse la cerradura. Entró el señor Rochester acompañado del médico que fuera a buscar.

—Doctor Carter, tiene media hora para curarlo y bajar al paciente. No tiene nada grave, sólo está nervioso.

Descorrió la cortina y dejó entrar la luz del día que amanecía. Luego se acercó a Mason.

—Me temo que ha acabado conmigo —dijo éste.

—¡De ningún modo! En quince días ya no te acordarás de tu herida. Dígaselo, doctor Carter.

—Es la verdad. Pero, ¿qué es esto? ¡La carne del hombro está desgarrada! Esta herida no fue causada por arma blanca. ¡Son mordiscos!

—Ella me mordió —murmuró Mason—. Se abalanzó sobre mí como una pantera cuando Rochester le arrebató el cuchillo. ¡Yo no lo esperaba, porque tenía un aspecto tan apacible!

—Te lo advertí. Y debías haber aguardado para venir conmigo en la mañana. ¡De prisa, doctor Carter! Pronto va a amanecer y hay que sacarlo de aquí.

—Ya estoy terminando. Voy a examinar esta otra herida del brazo, creo que también lo mordió ahí.

—Me chupó la sangre —tartamudeó Mason—. Dijo que quería dejarme el corazón sin sangre.

Vi que el señor Rochester se estremecía. Una marcada expresión de asco, horror y odio invadió su semblante, pero se limitó a decir:

—Guarda silencio, Richard y olvida sus palabras.

—Ojalá pudiera —fue la respuesta.

—Podrás, cuando estés de regreso en Jamaica. Y ahora, te sacaremos con prudencia porque es lo mejor, por tu bien y el de esa infeliz criatura. He luchado ar-

duamente para evitar el escándalo y no querría que tuviera que saberse después de todo. Levántate, Richard, Carter y yo te ayudaremos. Jane, acérquese a la escala trasera, abra la puerta y diga al cochero del carruaje que esté dispuesto. Si hay alguien, finja toser.

Cumplí sus órdenes; había una quietud total afuera, el carruaje estaba listo y el cochero en el pescante. Le di el recado y volví al tercer piso.

El señor Rochester, ayudado por el doctor Carter, logró llevar al señor Mason hasta el coche.

—Doctor Carter, cuide de él —le dijo al médico—. Téngalo en su casa hasta que mejore. En dos días más te iré a ver, Richard.

—Procura que reciba toda suerte de cuidados. Que la traten con toda la ternura posible —Mason hizo una pausa y luego estalló en sollozos.

—Hago lo que puedo, lo he hecho y lo haré —respondió el señor Rochester.

Cerró la portezuela del coche y el vehículo emprendió la marcha.

—¡Sin embargo, quiera Dios que esto termine de una vez! —añadió mientras cerraba las verjas.

Suponiendo que no me necesitaba, me encaminé hacia la casa. Pero oí que gritaba: ¡Jane!

—Venga a gozar de este aire fresco por algunos minutos —dijo—. Esa casa es una mazmorra, ¿verdad?

—A mí me parece una mansión espléndida, señor.

—El hechizo de la inexperiencia vela sus ojos —respondió—. No ve las telarañas, el moho y las maderas apolilladas. Aquí en cambio todo es real, dulce y puro.

Caminaba por un sendero bordeado de boj. Hacia un lado había manzanos, perales y cerezos, y al otro toda clase de flores y hierbas olorosas. El sol asomaba ya y su luz iluminaba el paisaje.

—Jane, ¿quiere una flor?

Cogió un botón de rosa, la primera del rosal, y me la ofreció.

—Gracias, señor.

—¿Le gusta este amanecer, este cielo de nubes altas y ligeras, esta atmósfera plácida y fragante?

—Me gusta mucho.

—¿Le ha parecido extraña la noche que hemos pasado?

—Sí, señor.

—¿Tuvo miedo cuando la dejé sola con Mason?

—Me asustaba que saliese alguien de la pieza del lado.

—Pero yo había dejado la puerta con llave. Habría sido un mal pastor si hubiera dejado a mi corderito indefenso tan cerca de la guarida del lobo.

—¿Seguirá viviendo aquí Grace Poole, señor?

—Sí, pero no se preocupe de ella, no piense más.

—¿Ha desaparecido el peligro que temía anoche, señor?

—No puedo afirmarlo hasta que Mason salga de Inglaterra, y ni siquiera en ese caso. Para mí, Jane, vivir es hallarme en la boca de un cráter que en cualquier momento puede estallar y escupir fuego. Mason podría, sin proponérselo, hablar y hacerme mucho daño.

—Dígale al señor Mason que sea prudente. Usted tiene gran influencia sobre él.

—Si pudiera hacerlo, tontuela, ¿dónde estaría el peligro? Lo que pasa es que, desgraciadamente, en este caso no puedo darle órdenes a Richard. Me mira desconcertada, pero la desconcertaré más todavía. Usted es mi amiga, ¿verdad?

—Quiero servirle, señor y obedecerle en todo lo que esté bien.

—Precisamente. Estoy seguro que es así. Veo en usted una alegría verdadera, contento en sus ojos cuando me ayuda y me obedece, en lo que usted califica de "lo que está bien", porque si le rogara que hiciera algo que usted juzgare incorrecto, no habría tal presteza para cumplirlo ni una expresión tan radiante en su rostro. Entonces mi amiga volvería hacia mí su cara serena y pálida para decirme: "No, señor, esto es imposible. No puedo hacerlo porque está mal". Bien, también usted puede herirme. Pero no me atrevo a indicarle dónde está mi vulnerabilidad por temor a que, pese a su lealtad y afecto, pudiera cambiar su actitud hacia mí.

—No tiene por qué temerme a mí, señor.

—Quiera Dios que así sea. Mire, aquí hay una glorieta, sentémonos un rato.

Nos sentamos.

—Bien, Jane, ahora recurra a su imaginación. Olvide que es una niña bien educada y disciplinada y conviértase en un muchacho voluntarioso, mimado desde pequeño. Sitúese en un país remoto, imagine que allí comete un error capital, no importa de qué naturaleza ni por qué motivos, pero error cuyas consecuencias habrán de perseguirlo durante toda su vida. No hablo de un crimen, sólo de un error. El resultado de lo que hizo se convierte con el tiempo en algo absolutamente insoportable para usted; toma medidas para logar alivio, medidas desacostumbradas, pero que no son ilegales ni vergonzosas. No obstante, se siente desdichado porque no tiene esperanzas, y está en el esplendor de la vida. Va errante de un lado a otro, buscando sosiego en el destierro, la dicha en el placer que embota la mente y marchita los sentimientos. Con el corazón afligido vuelve al hogar después de varios años de destierro voluntario. Entabla amistad con una persona desconocida, encuentra en ella gran parte de las buenas y brillantes cualidades que ha buscado durante veinte años sin poder hallarlas. Esta amistad, pura y limpia, la hace revivir, siente que vuelven para usted días mejores, deseos más elevados y sentimientos más limpios, quiere reemprender una nueva vida. Para lograr este fin, ¿se siente justificada a saltar un obstáculo de costumbres, meramente convencional, que ni su conciencia santifica ni su juicio aprueba?

Hizo una pausa, aguardando la respuesta. Y ¿qué iba yo a decirle?

De nuevo planteó su pregunta.

—¿Tiene justificación el hombre pecador, que ansía el descanso y está arrepentido, a enfrentar a la opinión del mundo para unir a él para siempre a esa persona desconocida, graciosa, noble y dulce, asegurando su paz interior y la regeneración de su vida?

—Señor —le respondí—, el sosiego de un errante y la reforma de un pecador jamás dependerían de un semejante. Si alguien que usted conoce cometió faltas, elévelo por encima de sus semejantes sirviéndose de la fuerza para corregir y del consuelo para remediar.

—¡Pero el instrumento, Jane! Dios, que hace la obra, instituye el instrumento. Yo mismo he sido un hombre inquieto, mundano y disipado, y creo que he hallado el medio de curarme en...

Se detuvo. Los pájaros seguían cantando y casi me asombraba que no cesaran sus cantos para escuchar la revelación que vendría. Miré al señor Rochester; él me miraba con fijeza.

—Amiga mía —dijo con voz muy diferente a la vez que cambiaba su expresión y adoptaba un tono áspero y sarcástico—, ya habrá advertido mi tierno interés en la señorita Ingram. ¿No cree que, de casarme con ella, me regeneraría?

Caminó un poco por el paseo, y regresó tarareando una melodía.

—Jane, Jane —dijo, inclinándose hacia mí—, está muy pálida con la trasnochada. ¿Está enojada conmigo por haber alterado su descanso?

—¿Enojada? No, señor.

—Para confirmarlo, déme la mano. ¡Qué dedos tan fríos! Anoche estaban más cálidos cuando los apreté frente a la pieza misteriosa. Jane, ¿cuándo volverá a hacerme compañía en mis desvelos?

—Cuando lo necesite, señor.

—Por ejemplo, la víspera de mi boda. Estoy seguro de que no podré dormir. ¿Me promete estar conmigo? Con usted puedo hablar de mi bienamada, porque usted la conoce. ¿No la encuentra singular?

—Sí, señor.

—Una mujerona, grande, morena y abundante. ¡Caramba! ¡Ahí andan mis huéspedes! Salga por ahí, Jane.

Cuando tomaba la dirección que me indicó, él salió al encuentro de sus amigos, y oí que les decía en tono jovial:

—Esta mañana Mason se anticipó a todos ustedes. Partió antes del alba y tuve que levantarme a las cuatro para despedirlo.

# CAPÍTULO XVI

Los presentimientos son algo extraño. Y también lo son las simpatías y los signos; y la combinación de los tres se traduce en un misterio. Jamás me burlé de los presentimientos porque siempre los he tenido, y muy peculiares. Me perseguía un sueño que hacía que me pusiera nerviosa al acercarse la hora de acostarme. La tarde del día en que lo soñara me avisaron que un hombre me esperaba en la habitación de la señora Fairfax.

—Supongo que apenas me recuerda usted, señorita —dijo el hombre, entero vestido de negro—; me llamo Leaven, yo era el cochero de la señora Reed cuando usted estaba en Gateshead hace unos ocho o nueve años. Y sigo siéndolo, señorita.

—¡Oh, Robert! Lo recuerdo muy bien. ¿Y cómo está Bessie? ¿Usted se casó con ella, no?

—Sí, señorita, ella está bien, gracias; ya tenemos tres niños.

—¿Y la familia Reed?

—Lamento no tener buenas noticias, señorita. Hay muchos problemas. El señorito John murió hace una semana en su departamento de Londres. Él tenía costumbres muy extrañas y tuvo una muerte horrible. Contrajo deudas y estuvo en la cárcel. Fue a Gateshead hace unas tres semanas y exigió que la señora le entregase todo cuanto poseía, pero ella se opuso, pues ya sus medios habían menguado bastante a causa suya. Y ahora parece que se suicidó.

Yo guardaba silencio ante noticias tan terribles.

—La señora no anda bien de salud —prosiguió Leaven—. Está muy débil. El temor a la pobreza casi acaba con ella, y ahora este golpe de la muerte de su hijo. Estuvo tres días sin hablar y ayer Bessie pudo entender que decía: "Vayan a buscar a Jane. Traigan a Jane Eyre. Quiero hablar con ella". Las señoritas se opusieron al comienzo, pero su madre su puso tan inquieta y repetía tanto su nombre, que por fin dieron su consentimiento. Por eso vine a buscarla, señorita, y si usted lo desea, me agradaría que regresáramos mañana temprano a Gateshead.

—Sí, Robert, estaré lista. Creo que es mi deber ir allá.

Después de dejar a Robert encargado a John, fui en busca del señor Rochester.

Estaba con sus amigos jugando al billar. Cuando entré, Blanche me miró altanera.

—¿Lo busca a usted esta persona? —preguntó al señor Rochester.

Él se volvió para ver a esta persona, hizo una mueca extraña y salió de la sala detrás de mí.

—Y bien, Jane —dijo, apoyando la espalda en la puerta cerrada.

—Señor, le ruego que me conceda permiso para ausentarme durante un par de semanas.

—¿Para qué? ¿Adónde ha de ir?

—A Gateshead, a visitar a la señora Reed, que está enferma y desea verme.

—Gateshead está muy lejos, y ¿qué tiene que ver con usted la señora Reed?

—Su marido era mi tío, hermano de mi madre.

—Siempre creí que usted no tenía familia.

—El señor Reed murió y su mujer me arrojó de su lado porque yo era pobre y le molestaba mi presencia. Ahora está enferma y arruinada, señor.

—¿Y qué puede hacer usted por ella? ¡Tonterías, Jane! No debe ir tan lejos por una anciana que la echó de su casa.

—Sucedió hace mucho tiempo, señor. Me sería imposible desoír sus deseos ahora.

—Prométame que estará en Gateshead una sola semana.

—Prefiero no darle mi palabra. Acaso me vea obligada a romperla.

—Pero, volverá, ¿verdad? ¿No la convencerán de que se quede allá para siempre?

—¡No, señor! Volveré, si todo va bien.

—¿La acompaña alguien de confianza?

—Sí, señor. La señora Reed ha mandado a su cochero.

—¿Cuándo desea irse?

—Por la mañana temprano, señor.

—Bien, debe llevar algún dinero para el viaje. Todavía no le he dado ningún salario. ¿Cuánto posee usted en este mundo, Jane? —preguntó sonriendo.

Saqué mi bolsa.

—Cinco chelines, señor.

Tomó mi bolsa, y miró su contenido como si le complaciera lo poco que en ella viera. Sacó su carte-

ra y me dio un billete de cincuenta libras. Sólo me
debía quince. Le dije que no tenía cambio.

—No quiero ningún cambio, usted lo sabe. Acepte
sus honorarios.

Rehusé aceptar más de lo que me correspondía.
Al principio se enojó, luego, como recordando algo,
dijo:

—¡De acuerdo! Será mejor no entregarle todo ahora, porque podría quedarse fuera tres meses. ¿Diez será
suficiente?

—Sí, señor, pero ahora me debe cinco libras.

—Entonces, vuelva por ellas. Yo administraré sus
cuarenta libras.

—Señor Rochester, permítame mencionar otro
asunto de negocios mientras tengo la ocasión de hacerlo.

—¿Un asunto de negocios? Tengo curiosidad por
conocerlo.

—Usted me informó, señor, que pronto contraerá
matrimonio y en ese caso pienso que Adèle debería
ir al colegio. Creo que usted comprenderá la necesidad de esta medida.

—Para apartarla del camino de mi prometida,
quien podría ser excesivamente dura con ella. Es una
sugerencia sensata. Entonces usted piensa que si Adèle
se va al colegio usted se irá derecho...¿al diablo?

—Espero que no, señor, pero procuraré encontrar
empleo en otro sitio.

—Naturalmente —exclamó, palideciendo.

Me miró durante algunos minutos sin hablar.

—Pondré un aviso nuevamente, señor —dije.

—¡Ya lo veremos! —gritó—. ¡Mucho cuidado con sus avisos! Ojalá no le hubiera dado esa plata. ¡Devuélvamela, Jane, la necesito!

—Yo también, señor —repliqué, escondiendo las manos con la bolsa a mi espalda.

—¡Tacaña! —dijo—. No puede negarme una petición de dinero. Déme cinco libras.

—Ni cinco chelines, señor.

—Prométame una cosa, entonces.

—Le prometeré lo que pueda cumplir, señor.

—Que no pondrá aviso y que me dejará a mí buscarle otro empleo.

—Siempre que usted me dé su palabra de que Adèle y yo estaremos a salvo fuera de la casa antes de que entre en ella su esposa.

—¡Muy bien! Me comprometo. ¿Bajará al salón esta noche después de cenar?

—No, señor, tengo que hacer los preparativos para el viaje.

—Entonces, ¿ahora debemos decirnos adiós?

—Eso creo, señor.

—¿Cómo se despide la gente, Jane?

—Dicen "adiós" o algo así.

—Dígalo.

—Adiós, señor Rochester, por ahora.

—¿Qué debo decir yo?

—Lo mismo, señor, si así lo quiere.

—Adiós, señorita Eyre, por ahora. ¿Eso es todo?

—Sí.

—Me parece una despedida seca y poco amistosa. Yo quisiera agregar algo; tal vez estrechar su mano, pero no, eso tampoco me satisface. ¿Se limitará a decirme "adiós", Jane?

—Es suficiente, señor. Una palabra sincera puede encerrar tanta buena voluntad como una gran cantidad.

—Probablemente, pero adiós es una palabra inexpresiva y fría.

"¿Cuanto tiempo permanecerá apoyado en esa puerta?", pensé. De pronto la campana anunció la cena y se fue sin decir nada más.

No volví a verlo en el resto del día y a la mañana siguiente emprendí la marcha antes de que él se levantara.

Llegué primero a casa de Bessie, que estaba pegada a la mansión de la señora Reed. Encontré a Bessie sentada junto a la chimenea alimentando a su recién nacido, y los otros dos niños jugaban en un rincón.

—¡Bendita sea! ¡Sabía que vendría! —exclamó al verme.

—Sí, Bessie —dije después de besarla—, y espero que no sea demasiado tarde. ¿Cómo está la señora Reed?

—Está más sosegada que antes. El doctor dice que tal vez resista un par de semanas, pero no cree que se vaya a recuperar.

—¿Ha mencionado mi nombre?

—Esta mañana estaba hablando de usted y decía que deseaba que llegara pronto. Pero ahora está durmiendo, por lo menos dormía cuando me vine de allá, hace diez minutos. Descanse una hora aquí y después la acompañaré a la casa.

Acepté complacida su hospitalidad. Atropelladamente acudían a mi memoria los viejos tiempos, mientras ella me preparaba el té y se ocupaba al pasar de sus hijos. Con su voz autoritaria de años atrás, no me permitió ayudarla y me obligó a continuar sentada junto al fuego hasta que me llevó la bandeja. Sonreí obedeciéndola como antaño.

Quiso saber todo de mí y le conté mi vida en Thornfield. Así pasó una hora, al cabo de la cual me encaminé con ella hacia la casa, tal como me acompañó hacía nueve años hasta el carruaje que me llevó a Lowood, cuando salí de allí con el corazón resentido. Ahora sentía que la herida estaba casi cicatrizada, y la llama del rencor extinguida, y que tenía confianza en mí y en mis propios recursos.

—Entre primero a la galería —dijo Bessie—, las señoritas están ahí.

Todo estaba igual, los muebles, los libros, las alfombras. Ante mí se hallaban dos jóvenes, una muy alta y delgada, de aspecto monjil, y no me cupo duda de que se trataba de Eliza. La otra, Georgiana, era una muchacha rolliza, de ojos azules y cabellos rubios y rizados.

Se levantaron cuando entré y me saludaron tratándome de señorita Eyre. Eliza no me habló más y Georgiana, después de mirarme de alto abajo, me dijo unas cuantas frases burlonas. Pero ya no lograba enojarme.

—¿Cómo está la señora Reed? —pregunté.

—Muy mal —respondió Georgiana—, dudo que pueda verla esta noche.

—Si fueran arriba para decirle que llegué, les quedaría muy agradecida —dije—. Sé que quiere verme y no quisiera hacerla esperar.

—A mamá no le gusta que la molesten por la tarde —dijo Eliza.

Entonces fui a buscar a Bessie. Ella me diría si la señora me recibiría o no.

—La señora está despierta —me dijo Bessie cuando le hice la pregunta—, venga conmigo para ver si la reconoce.

Entró al dormitorio de la dueña de casa y volvió diciendo que quería verme.

Penetré en ese cuarto tan conocido y tan temido. Dirigí la mirada hacia un rincón donde solía estar la varilla con que fustigaba mi palma o la nuca doblada. Al cabo de tantos años, seguía sintiéndome una intrusa en aquella casa.

Me acerqué al lecho. Recordaba bien el rostro de la señora Reed. Me separé de ella con odio y amargura, y ahora volvía llena de compasión. Me incliné para besarla. Ella me miró sin pestañear.

—¿Es Jane Eyre?

—Sí, tía.

En cierta ocasión juré que no volvería a llamarla tía. Pensé que no era pecado olvidar y romper aquel juramento.

Me miró con tal frialdad que comprendí que sus sentimientos no habían cambiado ni cambiarían.

Llevé una silla junto a su lecho y me senté apoyándome en la almohada.

—Me mandó buscar —dije—, y aquí estoy.

—Quiero hablar contigo de algunas cosas acerca de las que he reflexionado. Pero esta noche estoy cansada y no las recuerdo. A ver, algo quería decirte.

La mirada vaga me reveló que estaba muy débil.

—¿Eres Jane Eyre? —preguntó de súbito.

—Soy Jane Eyre.

—Esta niña me ha dado más preocupaciones de lo que pueda suponerse. ¡Qué carga fue para mí, con ese temperamento extraño, con su impertinencia! Me alegré de poder alejarla. ¿Qué hicieron con ella en Lowood? Murieron muchas alumnas con la peste, pero ella no murió, aunque yo dije que sí. ¡Ojalá hubiera muerto!

—¿Por qué la odia tanto?

—Siempre detesté a su madre porque era la única hermana de mi esposo y él la quería mucho. Él fue quien se opuso a que la familia la desheredara por su humilde casamiento, y cuando supo su muerte lloró como un idiota. Y trajo a Jane Eyre aquí. Odié a esa niña desde que la vi. Era enfermiza y llorona. Reed trataba de obligar a mis hijos a ser amigos de esa mendiga. Los pobrecitos no podían soportarlo y él se enojaba con ellos. Cuando se enfermó, hacía que le llevaran la niña a cada momento a su lecho, y una hora antes de morir me obligó bajo juramento a prometer que me quedaría con ella —hizo una breve pausa y suspiró—. Ya no tengo más dinero que darle a mi hijo John. Está todo hipotecado y él juega y siempre pierde. Tendré que despedir al personal. John es un degenerado, tiene un aspecto horrible, me avergüenzo de él cuando lo veo. De repente me amenaza con su muerte o la mía. ¿Qué puedo hacer? ¿Cómo obtener el dinero?

Se movía en la cama, muy agitada. Bessie le dio un sedante y poco después cayó en un profundo sopor. Entonces salí del aposento.

Pasaron diez días antes de volver a hablar con ella, porque el médico prohibió que la molestaran. Georgiana y Eliza ya no me trataban con tanta frialdad como al principio y, cada una por su lado, me contaron sus proyectos. Eliza había tenido buen cuidado de asegurar su propia fortuna y cuando muriera su madre buscaría un retiro donde apartarse para siempre del mundo frívolo. Los planes de Georgiana eran absolutamente distintos.

La salud de la señora Reed decaía día a día. Una tarde, sabiéndola moribunda, decidí subir a verla. Nadie le prestaba gran atención; sus hijas apenas se asomaban en el dormitorio; la enfermera contratada para cuidarla, en vista de que nadie la vigilaba, se daba sus buenas escapadas. Sólo Bessie se ocupaba de ella, pero también tenía que cuidar de su familia. La encontré, por tanto, sola y bastante amodorrada. Arreglé el fuego y me acerqué a la ventana. Al ver caer la lluvia, comencé a recordar la muerte de Helen Burns cuando me sacó de mis cavilaciones la voz de la señora Reed. Sabía que hacía días que no hablaba y me sorprendió que me dirigiera la palabra.

—¿Quién está ahí?

—Soy yo, tía Reed.

—¿Tía Reed? ¿Quién me llama tía? —me miró con sorpresa y cierto temor, pero sin violencia—.¡Usted se parece a Jane Eyre! Pero no puede ser ella.

Le aseguré que era yo y le expliqué que estaba aquí porque Bessie me mandó buscar.

—Sé que estoy muy enferma —dijo lentamente—. Es preferible que tranquilice mi mente antes de morir. Aquello en que poco pensamos cuando gozamos de buena salud, nos oprime cuando llega este trance. ¿Hay alguien más en la alcoba?

—Nadie más.

—Te he perjudicado en dos ocasiones y ahora lo lamento. En primer lugar, al romper la promesa que hice a mi esposo de educarte como hija propia. La otra... —hizo una pausa y murmuró para sí—, quizás no tenga tanta importancia y tal vez me recobre de esta enfermedad, y humillarme ante ella es demasiado penoso.

Hizo un esfuerzo por cambiar de posición, pero no lo logró. Su rostro tenía la expresión precursora de la agonía.

—Bueno, he de enfrentar esto. Ante mí está la eternidad. Abre el cajón del tocador y trae una carta que verás allí.

Cumplí sus indicaciones.

—Lee la carta —dijo.

Así lo hice. Era breve y decía:

"Señora: ¿Tendría la amabilidad de enviarme la dirección de mi sobrina Jane Eyre? Deseo que venga a

vivir a Madeira conmigo. La Providencia ha bendecido mis esfuerzos y he logrado una buena posición. Ya que soy soltero y sin hijos, deseo adoptarla mientras viva, y, a mi muerte, hacerla heredera de todo cuanto poseo. La saluda muy atentamente, JOHN EYRE, Madeira".

Llevaba la fecha de tres años atrás.

—¿Por qué no lo supe antes? —pregunté.

—Porque yo te detestaba profundamente, demasiado para tenderte la mano para que alcanzaras la prosperidad. Nunca olvidaré tu furia cuando dijiste que me odiabas porque te había tratado con la peor crueldad. Sentí miedo de ti, como de un animal al que yo hubiese golpeado y que podría alzarse ante mí para maldecirme. ¡Tráeme agua, pronto!

—Querida señora Reed —dije mientras le pasaba el agua—, perdóneme por haberla tratado con violencia, pero yo era una niña entonces. Han pasado más de ocho años.

No me escuchó y, recobrando aliento, continuó:

—No pude olvidarlo, y me vengué. Que tú fueras adoptada por tu tío y tuvieras una posición holgada y confortable era algo intolerable para mí. Le escribí diciéndole que habías muerto en la epidemia de tifus en Lowood. Ahora haz lo que quieras, revela el engaño cuando mejor te parezca. Creo que naciste para ser mi tormento. Mi última hora está torturada por el recuerdo de un hecho que, de no ser por ti, yo jamás habría sentido la tentación de cometer.

—No piense más en eso, tía.

—Tienes un temperamento que no puedo entender. Cómo durante nueve años pudiste ser paciente y sumisa bajo un trato tan duro, y de repente rebelarte con tanta violencia, no lo comprendo.

—No soy tan mala como usted cree. Quisiera reconciliarme con usted, porque la perdono y ojalá Dios le dé paz. Béseme, tía.

Acerqué mi mejilla a sus labios, pero no quiso ni tocarla. Sus ojos casi sin vida rehuyeron mi mirada.

Pobre mujer, me odió en vida, y en su agonía seguía odiándome.

Murió aquella noche. Ni sus hijas ni yo derramamos una sola lágrima.

# CAPÍTULO XVII

El señor Rochester me había concedido una semana de permiso, pero me quedé un mes en Gateshead. Quise partir inmediatamente después del funeral, pero Georgiana me rogó que la acompañara hasta el momento de su partida a Londres, adonde por fin la había invitado su tío, quien acudió para ocuparse del entierro de su hermana y de los asuntos pendientes de la familia. Georgiana tenía miedo de quedarse a solas con Eliza. Por consiguiente, soporté sus tontas depresiones y egoístas lamentos lo mejor que pude y me esmeré en coser y empaquetar sus vestidos.

Por fin se marchó Georgiana, pero luego fue Eliza quien me pidió que me quedara otra semana, antes de su partida. Pasaba encerrada en su habitación llenando baúles, vaciando cajones, quemando papeles, sin comunicarse con nadie. Quiso que yo cuidara la casa, recibiera las visitas y contestara las tarjetas de pésame.

Cierta mañana me dijo que ya estaba lista, y añadió:

—Te estoy agradecida por tus valiosos servicios y por tu discreta conducta. Mañana salgo para Francia. Me recluiré en una casa religiosa, donde encontraré paz y quietud.

"¡Ojalá te haga bien!", pensé.

Cuando nos despedimos, dijo:

—Adiós, prima Jane Eyre. Deseo que seas dichosa, pues posees sentido común.

—Tú tampoco careces de sentido común, prima Eliza —repliqué.

Con estas palabras nos separamos y emprendimos distintos caminos.

Ignoraba qué sentían las personas al regresar a casa después de una ausencia. Sabía lo que significaba volver a Gateshead cuando pequeña después de un paseo, y ser regañada por cualquier cosa. Y lo que era volver los domingos de la iglesia a Lowood. Ninguno de esos regresos eran gratos. Quedaba por experimentar cómo sería regresar a Thornfield.

¿Por cuánto tiempo más permanecería allá? No mucho, me imaginaba. Durante mi ausencia supe por carta de la señora Fairfax que se habían marchado los huéspedes y que el señor Rochester se había ido a Londres para comprar un nuevo carruaje, y que se esperaba su regreso dentro de quince días. La señora Fairfax suponía que el viaje tenía por objeto disponer los detalles de la boda, pues a juzgar por lo que decían y lo que ella viera, ya no cabía la menor duda de que pronto se realizaría la ceremonia.

"Yo tampoco lo dudo", pensé. ¿Adónde iría yo? La noche anterior a mi regreso soñé con la señorita Ingram cerrándome las puertas de la verja, mientras el señor Rochester nos miraba sonriente, con los brazos cruzados.

No había comunicado la fecha exacta de mi regreso a la señora Fairfax, porque no quería que me esperara ningún carruaje en Millcote, de modo que me fui caminando. Dejé mi equipaje en la Posada George y tomé el viejo sendero que conducía a Thornfield. Me sentía contenta en el trayecto, sin saber por qué, pues no iba a mi casa ni nadie amigo me esperaba. Pero, ¿existe algo más terco que la juventud, algo más ciego que la inexperiencia? Ellas me decían que ya era una dicha tener la suerte de ver de nuevo al señor Rochester, me mirara o no me mirara. Sentía una voz que me decía: "¡Aprovecha de estar a su lado mientras sea posible!" Y seguía caminando cada vez más rápido.

De pronto divisé el estrecho paso de peldaños de piedra donde descansara el día de mi llegada a Thornfield. Sentado allí vi al señor Rochester con un libro y un lápiz en la mano. Me puse a temblar, sin poder contenerme, traté de tomar un atajo, pero él ya me había visto.

—¡Hola —gritó, alzando el libro y el lápiz—. ¡Llegó por fin! Acérquese, por favor.

Me acerqué, tratando de controlar los músculos de mi cara que se rebelaban a mi voluntad y querían expresar lo que sentía.

—¿Es Jane Eyre? ¿Viene a pie desde Millcote? ¡Otra de sus jugarretas, entrar furtivamente en su hogar, como cualquier mortal! ¿Qué diablos ha sido de usted durante el mes pasado?

—Estuve con mi tía, señor, hasta que murió.

—¡Una respuesta característica de Jane! Viene de otro mundo, del mundo de los muertos, y me lo cuenta cuando me encuentra solo al atardecer. Si me atreviera la tocaría para asegurarme de que no es un duende. Pero eso sería como pretender apoderarme de una estrella fugaz. ¡Tunante! —añadió después de una pausa—. Se ha olvidado de mí durante todo un mes, ¡por todos los diablos!

Sabía que sería un placer encontrar a mi señor de nuevo, aunque un placer truncado por el temor de que yo nada significaba para él, pero sus últimas palabras eran suaves, parecían confesar que le importaba que yo lo olvidara o no. Y se refirió a Thornfield diciendo que era mi hogar... ¡ojalá lo fuera!

Le pregunté si había estado en Londres.

—Sí, ¿cómo lo supo?

—Por la señora Fairfax.

—Tiene que ver el nuevo carruaje, Jane, y decirme si le parece adecuado para la señora Rochester. ¡Imagine cómo se verá ella, con su hermosura, en ese carruaje! Usted que es bruja, ¿no tendrá un brebaje que darme para transformarme en un hombre atractivo?

—Eso queda fuera del alcance de la magia, señor —repuse.

Y mentalmente añadí: unos ojos enamorados son toda la magia que se requiere, y ante ellos usted es el más atractivo de los hombres.

El señor Rochester había leído a veces mis pensamientos. Ahora, me prodigó una sonrisa de las que brindaba rara vez. Era un verdadero rayo de cariño el que derramaba sobre mí.

—Vaya, Jane —dijo dándome paso para cruzar por el portillo—, vaya a casa y pise con sus cansados pies el umbral del hogar de un amigo.

Dije o algo dijo en mi interior por mí y a pesar mío:

—Gracias, señor Rochester, por su amabilidad. Me siento feliz de haber vuelto a su lado; allí donde usted esté, estará mi único hogar.

Y partí caminando tan rápido que aunque hubiera querido no habría podido alcanzarme.

La señora Fairfax y Adèle me acogieron con inmensa alegría, lo mismo Leah y Sophie.

Esa noche cerré los ojos al futuro, tapé los oídos a la voz que seguía advirtiéndome la próxima separación y la pena inminente.

Después de tomar té, la señora Fairfax se sentó a mi lado y era tal la aureola de paz que nos rodeaba, que murmuré una oración para que no nos separáramos nunca. Entró inesperadamente el señor Rochester y cuando dijo que suponía que la anciana se sentía perfectamente ahora que tenía de vuelta a su hija adoptiva, y que Adèle estaba dichosa con su mamá inglesa, casi llegué a esperar que incluso después de su matrimonio seguiríamos unidas en algún sitio, al amparo de su protección y no del todo desterradas de ese rayo de sol que era su presencia.

A mi regreso siguió una calma incierta. No se habló de la boda del señor ni vi que se hicieran preparativos. La señora Fairfax me dijo que una vez le preguntó al señor Rochester que cuando iba a traer a casa a su prometida, pero él se limitó a dar una respuesta chistosa, lo que dejó perpleja a la pobre señora.

Lo que más me sorprendía era que no había visitas a Ingram Park. Cierto es que estaba a veinte millas, pero, ¿qué es esa distancia para un ardiente enamorado? Empecé a acariciar esperanzas de que se hubiera roto el compromiso, de que una de las dos partes hubiera cambiado de parecer. Solía contemplar el rostro de mi señor para comprobar si expresaba tristeza o enojo, pero jamás lo había visto tan completamente despejado de nubes. Estaba casi alegre. Jamás me hizo acompañarlo tan a menudo ni se mostró más cariñoso como en esas ocasiones y...¡ay! jamás lo había amado yo tanto.

# CAPÍTULO XVIII

El verano fue espléndido en Inglaterra; rara vez favorecen nuestro país cielos tan puros y sol tan radiante. Era como si hubiera llegado, procedente del sur, una serie de días de clima italiano. Los campos estaban verdes, los árboles llenos de fruto.

Una tarde, víspera de San Juan, Adèle se cansó de recoger fresas y se acostó temprano. Cuando se durmió, me encaminé al jardín.

Anduve un rato por el paseo; ahí podía pasear a mis anchas. Pero de súbito acorté el paso, detenida no por una voz sino por una fragancia. No era el olor de ninguna flor, sino el del cigarro del señor Rochester que surgía de la ventana de la biblioteca que estaba entreabierta. Sabía que podía verme desde allí, por lo que me dirigí al huerto. Era imposible hallar un rincón más resguardado y paradisíaco que el huerto. Estaba lleno de árboles y de flores. Por un lado lo separaba del patio un muro muy alto, y por el otro lado una avenida lo dividía del prado. Al fondo había un cerco, única separación con los campos solitarios. A este cerco conducía un sendero sinuoso bordeado de laureles que desembocaba en un castaño gigante rodeado en su base por un asiento de madera. Allí podía pasear sin ser vista. Mientras reinaba el silencio y comenzaba a caer la tarde, me sentí en paz. Pero otra vez me detuvo aquella conocida fragancia. Miré a mi alrededor; sólo árboles y el canto de un ruiseñor, pero la fragancia se intensificaba. Vi por fin al señor Rochester entrar en el huerto por el paso que comunica con los matorrales. Se inclinó ante una planta y quedó un rato estático. Traté de escapar sin que me viera, pero mientras iba en puntillas a su espalda, dijo tranquilamente, sin volverse:

—Jane, venga a ver a esta amiguita.

No sé cómo pudo verme, ¿o habrá sentido mi sombra?

—Fíjese en las alas —prosiguió cuando me acerqué a él—, parece un insecto de tierras exóticas. ¡Vaya, ya emprendió el vuelo!

Yo también traté de iniciar mi vuelo, pero el señor Rochester me siguió y dijo:

—Es una noche tan hermosa que sería una vergüenza quedarse dentro de la casa mientras la puesta de sol coincide con la luna naciente y ambos dan tan bello espectáculo.

Hay ocasiones en que mi lengua, que casi siempre tiene una respuesta pronta, queda paralizada. No me gustaba pasear a solas con el señor Rochester en la penumbra del huerto. Lo seguí a paso lento y meditando la forma de escabullirme, pero su aspecto era tan serio, que sentí vergüenza: el mal pensamiento estaba sólo en mí.

—Jane —dijo cuando nos dirigíamos hacia el castaño por el sendero de laureles—, ¿se siente encariñada con Thornfield?

—Sí, señor.

—¿Y le ha cobrado afecto a la pequeña tontita Adèle y a la aburrida señora Fairfax?

—Sí, señor.

—¿Y le apenaría separarse de ellas?

—Sí.

—¡Lástima! —dijo, suspirando—. Así son las cosas de la vida, cuando encontramos un lugar grato, se alza una voz y nos dice que debemos irnos.

—¿He de irme, señor? —pregunté.

—Creo que sí, Jane. Lo lamento, pero creo que debe irse.

Era un golpe, pero no permití que me abatiera.

—Bien, señor, estoy dispuesta a acatar la orden cuando llegue la hora.

—Ha llegado ya, debo dársela esta noche.

—Luego, ¿se va a casar, señor?

—Exactamente. Con su acostumbrada sagacidad ha dado en el clavo.

—¿Pronto, señor?

—Muy pronto, mi... señorita Eyre. Recordará usted que la primera vez que se habló de mi propósito de poner mi viejo cuello de solterón dentro el sagrado lazo..., pero escúcheme, Jane, ¿por qué da vuelta la cabeza? Recuerde que usted misma me dijo que Adèle y usted volarían de inmediato si me casaba con la señorita Ingram. Y tenía razón, Adèle debe ir a un colegio y usted debe obtener otro empleo.

—Sí, señor, pondré de inmediato otro anuncio, y entre tanto... —no pude seguir porque tenía la voz atragantada.

—Espero casarme dentro de un mes —continuó el señor Rochester—, y en ese período me ocuparé de buscar un empleo y un hogar para usted.

—Gracias, señor. Lamento tener que...

—¡Oh, no es preciso disculparse! Cuando un subordinado cumple con su deber tan bien como usted, tiene derecho a toda la ayuda que su amo pueda brindarle. Tengo en mente algo en Irlanda, que creo que le gustará mucho, dicen que allá la gente es muy afectuosa.

—¿Tan lejos, señor?

—¿Lejos de qué?

—De Inglaterra, de Thornfield, y...

—¿Y?

—De usted, señor.

Dije esto casi involuntariamente y con la misma falta de voluntad, brotaron las lágrimas. Sin embargo, era imposible oír mi llanto, porque era callado. El pensamiento de Irlanda heló mi corazón, sobre todo pensar en toda el agua y espuma que se interpondría entre mí y el señor que estaba ahora a mi lado.

—Está muy lejos —repetí.

—Sí, es cierto. Y cuando llegue allá jamás la volveré a ver, Jane. Nunca voy a Irlanda porque no me gusta mucho. Hemos sido buenos amigos, ¿verdad?

—Sí, señor.

—Y cuando los amigos van a separarse, deben pasar juntos el breve tiempo que les queda. Vamos a conversar del viaje y de la despedida. Aquí hay un banco, debajo de este castaño.

Me hizo sentar y se sentó a mi lado.

—En realidad —dijo— Irlanda está muy lejos, Jane, y lamento mandar a mi amiga en un viaje tan largo, pero ¿qué remedio nos queda, puesto que es todo cuanto puedo hacer? ¿Cree que la une algo a mí, Jane?

No me atreví a responder, porque el corazón se me rompía.

—Es que —continuó— a veces siento un sentimiento extraño hacia usted, especialmente cuando la tengo junto a mí, como ahora. Es como si existiera un cordón debajo de mis costillas unido a un cordón igual situado en su cuerpecillo. Y si un canal turbulento nos separa supongo que el cordón tendrá que sangrar internamente. Usted, claro, me olvidará.

—Jamás lo olvidaré, señor, le consta... —no pude proseguir.

—Jane, ¿oye cantar el ruiseñor? Escuche.

Rompí en sollozos, me era imposible reprimir por más tiempo mis emociones. Cuando pude hablar, dije que quisiera no haber nacido, o no haber ido nunca a Thornfield.

—¿Acaso porque siente abandonarlo?

—Lamento abandonar Thornfield —dije con la vehemencia del amor y la pena—, amo Thornfield, porque aquí he llevado una vida completa y maravillosa. Lo he conocido a usted, señor Rochester, y me aterra la angustia de separarme de su lado definitivamente. Veo la necesidad de marcharme y es como si fuera la necesidad de morir.

—¿Por qué cree que es preciso?

—Usted me lo ha indicado en la forma de la señorita Ingram, una mujer noble y hermosa, su novia.

—¡Mi novia! ¿Qué novia? Yo no tengo novia.

—Pero la tendrá.

—Sí, la tendré... —apretó los dientes.

—Así, pues debo irme, usted mismo me lo dijo.

—¡No, al revés, debe quedarse!

—¡Me iré! —repliqué bastante excitada—. ¿Cree que puedo quedarme si no significo nada para usted? ¿Cree que soy una autómata? ¿Cree que puedo soportar ver cómo me arrebatan de la boca un pedazo de pan? ¿Cree que porque soy pobre, sencilla e insignificante, carezco de alma y de corazón? ¡Está equivocado! Y si Dios me hubiera dado cierta belleza y una gran fortuna, habría logrado hacerle penosa la separación, como lo es para mí. Es mi espíritu el que le habla a su espíritu, como si nos halláramos a los pies de Dios, iguales, ¡como estamos ahora!

—¡Como estamos ahora! —repitió el señor Rochester—, así —añadió tomándome en sus brazos, atrayéndome a su pecho y apretando sus labios contra los míos—, ¡así, Jane!

—Sí, señor, así —dije—, pero no de esta manera exactamente, porque usted está comprometido, con una persona inferior a usted, por quien no siente cariño, porque yo lo he comprobado y he visto como se burlaba de la señorita Ingram. Yo desprecio semejante unión, de modo que soy mejor que usted, señor Rochester. ¡Déjeme irme!

—¿Adónde, Jane, a Irlanda?

—Sí, a Irlanda. He dicho lo que pensaba y ahora puedo ir donde me plazca.

—Estése quieta, no forcejee como un pájaro salvaje y fiero que pierde el plumaje en su desesperación.

—No soy un pájaro y no existe red que pueda atraparme. Soy un ser humano libre, con voluntad independiente, y voy a dejarlo.

Con gran esfuerzo me liberé y me puse de pie ante él.

—Y será esa voluntad independiente la que decida su destino —dijo—. Le ofrezco mi mano, mi corazón y todos mis bienes.

—Está representando una comedia que me da risa, señor.

—Le pido que pase la vida junto a mí, para ser mi sombra y mi mejor compañera.

—Ya eligió usted y me atengo a ello.

—Tranquilícese, Jane, y también yo me tranquilizaré.

Volvió a cantar el ruiseñor y yo volví a llorar. El señor Rochester seguía sentado, muy quieto, contemplándome con dulzura. Pasó algún tiempo antes de que hablara. Por fin dijo:

—Venga a mi lado, Jane, y tratemos de comprendernos los dos.

—Jamás volveré a su lado; me ha alejado y no puedo volver.

—Pero, Jane, le pido que sea mi esposa, sólo quiero casarme con usted.

Yo estaba callada. Pensé que se burlaba de mí.

—Venga, Jane, acérquese.

—Su novia se interpone entre nosotros.

Se puso de pie y de una zancada me alcanzó.

—Esta es mi novia —dijo, atrayéndome hacia sí otra vez—. Jane, ¿quiere casarse conmigo?

Otra vez callé y me zafé de su abrazo, porque aún no le creía.

—¿Duda de mí, Jane?

—Absolutamente.

—¿No tiene fe en mí?

—Ni una gota.

—¿Me cree embustero? —preguntó, apasionadamente—. Yo la convenceré, pequeña escéptica. ¿Qué amor puedo sentir yo por la señorita Ingram? Ninguno, y usted lo sabe. ¿Qué amor siente ella por mí? Ninguno, como he podido comprobar. Le hice creer que mi fortuna no alcanzaba ni a una tercera parte de lo supuesto y coseché su frialdad y la de su madre. Yo no quería, no podía casarme con la señorita Ingram. ¡A ti, personilla extraña y casi inmaterial, a ti te quiero como a mi carne! A ti, aun siendo como tú dices pobre, insignificante, pequeña y sencilla, a ti trato de convencer para que me aceptes como marido.

—¡A mí! —exclamé, comenzando a creer en su sinceridad a causa de su vehemencia, y sobre todo a causa de su descortesía—. A mí, que no tengo ni un chelín que no me lo haya dado usted.

—A ti, Jane. He de tenerte para mí, enteramente para mí. ¿Quieres ser mía? Di sí, rápido.

—Señor Rochester, deje que vea su rostro, vuélvase hacia la luna.

—¿Por qué?

—Porque quiero ver la expresión de su cara, ¡vuélvase!

—Lee, pero aprisa, porque estoy sufriendo.

Su semblante estaba sumamente agitado y muy enrojecido, y había extraños reflejos en sus ojos.

—¡Jane, me torturas! —exclamó—. ¡Me torturas con esa mirada inquisitiva!

—Si usted es sincero y su ofrecimiento verdadero, los sentimientos hacia usted han de ser gratitud y devoción, pero no pueden torturarlo.

—¡Gratitud! —exclamó, y añadió con apasionamiento—: ¡Jane, acéptame en seguida! Di: Edward, me casaré contigo.

—¿Habla en serio? ¿Realmente me quiere? ¿Desea de verdad que sea su esposa?

—Sí, y si quieres te lo juro.

—Pues me casaré con usted, señor.

—¡Jane, amor mío!

—¡Señor, mi amor!

—Ven a mi lado —dijo, añadiendo con voz muy profunda, hablando a mi oído mientras apretaba su mejilla contra la mía—: Haz mi felicidad, yo haré la tuya. ¡Dios me perdone! —agregó—, la tengo y la retendré conmigo.

Una y mil veces preguntó:

—¿Eres feliz, Jane?

Y respondí mil veces:

—Sí, señor.

Después murmuró:

—Se expiará, se expiará. ¿No la encontré desamparada, sin amigos? ¿No la guardaré dándole cuidados y cariño? Se expiará ante el tribunal de Dios. Sé que mi Creador me castiga por cuanto hago. Me desentiendo del juicio del mundo, desafío la opinión de los hombres.

¿Qué le había pasado a la noche? Todavía no se ocultaba la luna y ya nos rodeaban las sombras. Apenas veía el rostro de mi señor, aunque estaba muy cerca. El viento rugía por el sendero de los laureles avanzando hacia nosotros con fuerza arrolladora.

—Debemos entrar en la casa —dijo el señor Rochester—, está cambiando el tiempo. Me quedaría contigo hasta que llegara la mañana, Jane.

"También yo", pensé.

Una chispa brotó de una nube y se produjo una grieta, un estampido y un gran estruendo, y sólo pensé en ocultar mis ojos deslumbrados en el hombro del señor Rochester.

Cayó una lluvia violenta. Me llevó corriendo por el sendero, pero al llegar a la casa ya estábamos empapados. En el vestíbulo el señor Rochester me sacó el chal y me sacudió la cabellera. No nos dimos cuenta que en ese momento salía de su habitación la señora Fairfax.

—Apresúrate en cambiarte de ropa —dijo él—. Pero antes de irte, ¡buenas noches, mi amor!

Me besó repetidamente. Cuando levanté los ojos, libre de sus brazos, vi a la señora Fairfax, seria, pálida y sorprendida. Me limité a sonreírle y corrí escala arriba. "Ya habrá ocasión para explicaciones", pensé.

Al llegar a mi dormitorio sentí desasosiego ante la idea de que interpretara mal la escena, pero la alegría no tardó en desterrar cualquier otro sentimiento, y, pese a lo fuerte que soplaba el viento, a los truenos y relámpagos y a la lluvia que caía a torrentes, no sentí temor alguno. El señor Rochester se acercó tres veces a mi puerta para preguntar si me hallaba bien y si estaba tranquila, y eso me daba consuelo y fuerza para todo.

A la mañana siguiente, antes de abandonar la cama, Adèle vino corriendo a decirme que durante la noche había caído un rayo sobre el castaño del huerto, cortándolo por la mitad.

# CAPÍTULO XIX

Mientras me vestía, reflexioné sobre lo sucedido y me preguntaba si se trataría de un sueño. No podía tener la certeza de que fuera realidad hasta ver al señor Rochester y oírlo renovar sus palabras de amor.

Me miré al espejo y ya no encontré tan vulgar mi cara: tenía ahora una expresión de esperanza que le daba vida. A menudo no quería mirar a mi señor por temor a que mi aspecto le desagradara. Pero ahora tenía la seguridad de no defraudar su cariño. Me puse un vestido muy sencillo, pero parecía que nunca nada me hubiera favorecido tanto, porque jamás llevé ninguno sintiéndome tan dichosa.

No me extrañó, al bajar al vestíbulo, ver que a la tormenta de anoche sucediera un día radiante.

En cambio me tomó de sorpresa la señora Fairfax, cuando se asomó por la ventana con cara triste para decirme muy seria:

—Señorita Eyre, ¿viene a desayunar?

Durante el desayuno se portó tranquila y fría, pero yo no podía sacarla de su error. Debía esperar a que mi señor me diera algunas explicaciones, y ella tendría que aguardar también. Subí a la biblioteca y encontré a Adèle que salía.

—¿Adónde vas? Es la hora de dar las lecciones.

—El señor Rochester dijo que me fuera a jugar a mi cuarto.

—¿Él está ahí?

—Sí.

Entré y allí lo encontré.

—Ven a desearme buenos días —dijo.

Me adelanté, feliz, y no recibí simplemente una palabra ni un apretón de manos, sino un abrazo y un beso. Era magnífico verme tan amada y acariciada por él.

—Estás muy bonita —me dijo—. ¿Es ésta mi pequeña hada paliducha?

—Esta es Jane Eyre, señor.

—Que pronto se llamará Jane Rochester. Dentro de cuatro semanas, Jane, nada más, ¿oyes?

Yo lo oía y no podía hacerme a la idea. Esta noticia producía en mí un efecto más fuerte que la alegría, algo que conmovía y aturdía.

—Te ruborizaste y luego palideciste, ¿por qué?

—Porque me dio un nuevo nombre, Jane Rochester, y me extraña.

—Sí —dijo—, la joven señora Rochester, la novia de Fairfax Rochester.

—Es imposible, señor, los seres humanos jamás gozan de absoluta felicidad en este mundo. Imaginar que pueda sucederme esto a mí, me parece un cuento fantástico, señor.

—Un cuento que haré realidad. Mañana comenzaré. Hoy escribí a mi banquero en Londres para que me envíe algunas joyas de la familia que tiene guardadas.

—¡Las joyas no van conmigo, señor! Preferiría no poseerlas. Yo soy su institutriz de siempre, sencilla y seria. No me vista como una dama distinguida, por favor.

Él siguió hablando, sin reparar en mis palabras.

—Te pondré el collar de diamantes y te vestiré como una reina.

—Nadie me reconocerá, señor. ¿Se está burlando de mí?

—¡Haré que todo el mundo te conozca y sepa lo bella que eres!

—¡No me adule, señor!

—Hoy mismo te llevaré a Millcote para que elijas algunos vestidos. La boda se realizará muy discretamente, en la iglesia de allá abajo, y después nos iremos de inmediato a la ciudad. Después de algunos días llevaré a mi tesoro a regiones más soleadas, a Francia, a Italia. Te llevaré a los lugares que recorrí hace diez años, hecho un loco, destilando asco, odio y rabia. Ahora los visitaré, curado y limpio, con un ángel a mi lado.

Me reí al oírlo decir esto.

—Yo no soy un ángel —afirmé—, no espere gran cosa de mí, como yo tampoco lo espero de usted.

—¿Qué esperas de mí?

—Durante cierto tiempo será como ahora, y luego se volverá frío, después caprichoso y más tarde antipático, y tendré que esforzarme mucho para complacerlo. Pero cuando se haya habituado a mí, tal vez yo vuelva a gustarle, digo "gustarle" y no quererme. Imagino que el amor se disipará en seis meses. En los libros escritos por hombres he leído que ése es el período asignado como máximo para el amor que sienten los maridos por sus mujeres. Sin embargo, como amiga y compañera, espero que nunca seré del todo olvidada por mi querido señor.

—Volverás a gustarme una y mil veces, ingrata. Jamás encontré a nadie como tú, Jane. Me gustas y me dominas: estoy conquistado y tu influencia es tan dulce que no la puedo expresar.

—Me alegran sus palabras, señor. Pero tengo que hacerle una pregunta, pues mi curiosidad ya no resiste más.

—La curiosidad es peligrosa. No me comprometo a responder. ¿Cuál es tu pregunta?

—¿Por qué se esforzó tanto en hacerme creer que quería casarse con la señorita Ingram?

—¡Eso es todo! ¡Gracias a Dios, creí que sería algo peor! —me miro sonriendo, como si se sintiera aliviado—. Creo que puedo contestarte, aunque me gustaría enojarte un poco más. Me encanta tu espíritu ardiente que estalla cuando estás enojada. Anoche echabas chispas cuando te rebelaste contra el destino. Y a propósito, Jane, fuiste tú quien se me declaró.

—Así es. Pero, conteste, señor, por favor.

—Bien, pretendí cortejar a la señorita Ingram porque deseaba que te enamoraras tan locamente de mí como yo lo estaba de ti, y sabía que los celos serían el mejor aliado a que podía recurrir.

—¡Qué pequeñez! Me parece que usted no es ni una pizca mayor que mi dedo meñique. Fue una vergüenza y un error obrar de ese modo. ¿No pensó en los sentimientos heridos de la señorita Ingram?

—Sus sentimientos sólo tienen que ver con el orgullo, y al orgullo hay que humillarlo. ¿Estabas celosa, Jane?

—Eso no viene al caso, señor Rochester, ¿no cree que la señorita Ingram se sentirá herida?

—Ya te dije que fue ella la que me olvidó. La idea de mi pobreza que le reveló la gitana apagó la llama de su amor en un segundo. No existe en el mundo otro ser que sienta un amor tan puro hacia mí como tú, porque yo creo en tu cariño, Jane.

Besé su mano que se apoyaba en mi hombro. Lo amaba muchísimo, más de lo que podían expresar las palabras.

—¿Tienes más preguntas? —dijo.

—Ahora es una petición. Comunique sus intenciones a la señora Fairfax —le pedí—. Me vio ayer con usted en el vestíbulo y se sorprendió. Me duele que me juzgue mal.

—Yo aclararé las dudas de esta señora, Jane, no te preocupes. Ahora, anda a arreglarte para ir a Millcote a comprarte algunos vestidos. ¿Creyó ella que habías abandonado el mundo por el amor?

—Me parece que pensó que yo había olvidado mi lugar y usted el suyo, señor.

—¡El lugar! ¡Tu sitio está en mi corazón! Anda a arreglarte.

Cuando estuve lista, me dirigí a la habitación de la señora Fairfax. Al verme se puso de pie, muy seria.

—Me siento tan perpleja —empezó diciendo—, apenas sé que decirle, señorita Eyre. ¿No estoy soñando, verdad? ¿Es cierto que el señor Rochester le ha pedido que se case con él dentro de un mes?

—Eso me ha pedido —repliqué.

—¿Y usted le cree? ¿Lo ha aceptado?

—Sí.

—Jamás lo hubiera creído, ¡es un hombre tan orgulloso y pretende casarse con usted! No puedo hacerme la idea. Siempre es aconsejable la igualdad de posición, y además entre ustedes hay casi veinte años de diferencia. Lamento apenarla —prosiguió—, pero usted es tan joven y conoce tan poco a los hombres que quisiera ponerla en guardia. Trate de mantener al señor Rochester a distancia, desconfíe de él y de usted. Los caballeros de su situación no suelen casarse con sus institutrices.

Me miró de pies a cabeza. Vi en sus ojos que no descubría encanto alguno en mí que pudiera resolver el enigma.

—¿Es por amor que va a casarse con usted? —preguntó.

Me sentí tan herida por su frialdad que las lágrimas asomaron a mis ojos.

—Lamento apenarla —prosiguió—, pero quisiera recordarle el viejo refrán que dice: "No todo lo que reluce es oro". Temo que en este caso surja algo que usted no espera.

—¿Por qué? ¿Soy un monstruo? —exclamé—. ¿Es imposible que el señor Rochester sienta cariño por mí?

—No, es bonita y supongo que él la quiere. Pero me parece que esto es para él una especie de capricho y quería advertírselo.

Me estaba dando rabia su discurso, cuando afortunadamente entró Adèle a buscarme, porque ya estaba listo el carruaje y el señor Rochester me esperaba.

—¡Mademoiselle, déjeme ir con ustedes a Millcote! Monsieur Rochester no quiere llevarme y yo me muero por ir.

Me volví hacia el señor Rochester.

—¿Puede venir Adèle con nosotros?

—No, no quiero mocosas, quiero ir solo contigo. Esa niña sería un estorbo.

Me dolió el tono tan autoritario. Recordé las dudas de la señora Fairfax. Me dispuse a seguirle en forma maquinal. Pero al ir a subir al coche, me dijo:

—¿Qué pasa? ¿Se nubló el sol? ¿Realmente quieres que venga Adèle?

—Me gustaría tanto, señor.

—Pues entonces, ¡vas como un rayo a buscar tu sombrero, Adèle!

Al subir al coche, la niña me besó varias veces en señal de gratitud.

—Luego te mandaré al colegio —dijo él de pronto, pero esta vez con una sonrisa.

—¿Con mademoiselle?

—Sin mademoiselle. Me la voy a llevar a la luna y ella vivirá sola conmigo entre los valles blancos y los cráteres.

—No tendrá qué comer —observó Adèle.

—Todo el día y la noche recogeré maná para ella.

—Pero tendrá frío.

—La llevaré a la punta de los volcanes y allí se calentará al fuego.

—Si yo fuera mademoiselle jamás me iría a la luna con usted.

Nos reímos. Ya estábamos fuera de Thornfield.

—En ese campo, Adèle —dijo el señor Rochester—, iba yo paseando un atardecer hace unos quince días, y me senté a descansar un rato. Saqué lápiz y papel y empecé a escribir sobre una desgracia que sufrí hace mucho tiempo y expresé el deseo de que llegaran días mejores. Faltaba poco para oscurecer. De pronto algo se acercó por el sendero y nos pusimos a conversar. Me dijo que era un hada que venía con el propósito de hacerme feliz. Yo tenía que dejarlo todo e irme a un sitio aislado, como la luna. Le dije que me gustaría ir, pero que no tenía alas para volar hacia allá. Entonces el hada me dio un anillo mágico y me dijo: "cuando me lo pongas en el dedo, seré tuya y tú mío, y volaremos para instalarnos en nuestro propio cielo".

—¿Pero qué tiene que ver mademoiselle en esto?

—Mademoiselle es el hada —repuso Rochester en un susurro.

Yo le dije a Adèle que era broma, lo que le cayó muy mal, pues dijo que *son ami* era un mentiroso, y que estaba segura de que no había hadas que se fueran con él a la luna.

La hora que pasamos en Millcote me resultó algo molesta. El señor Rochester me llevó a una tienda de ropa y allí me obligó a elegir seis vestidos. Entre susurros y señas, le imploré que sólo eligiera dos.

—Por el momento será suficiente —dije, señalando que a él le gustaría verme resplandecer como un escaparate.

Me alegré de poder sacarlo de la tienda y después de una joyería. Cuando me compraba cosas, sentía arder mis mejillas de vergüenza.

Cuando subimos al coche, recordé algo que con la precipitación de los acontecimientos había olvidado: la carta de mi tío John Eyre que me entregara la señora Reed. Su intención de adoptarme y hacerme su heredera me produjo un inmenso alivio. No podía soportar la idea de verme vestida como una muñeca por el señor Rochester. Decidí escribir a Madeira en cuanto llegara a casa para decirle al tío que pensaba casarme. Ya más tranquila con la idea de que pronto podría disponer de algún dinero personal, oprimí la mano del señor Rochester, que siempre buscaba las mías, y que la apretó apasionadamente.

—No tiene necesidad de mirarme así —dije—. Si lo hace, sólo usaré mis viejos vestidos de Lowood hasta el final. Y usted puede hacerse varios chalecos con este vestido de seda negra.

Se rió y se frotó las manos.

—¡Es magnífico oírla y verla! —exclamó—. Es tan original, tan mordaz. ¡No cambiaría a esta muchacha ni por todas las odaliscas del gran Turco!

Me mortificó esta alusión.

—No toleraré que me compare a una odalisca. Si eso es lo que quiere, váyase a Estambul y compre todas las esclavas que quiera con ese dinero que parece no saber en qué gastar.

—Y ¿qué harías tú, Jane, mientras compro tantos ojos negros?

—Me iré como misionera a predicar la libertad a las mujeres esclavizadas encerradas por usted, y provocaré una rebelión y será usted el que terminará encadenado por mí.

—Aceptaría feliz estar a tu merced.

—Yo no tendría misericordia, señor Rochester, si me suplicara con una mirada como la que tiene ahora.

—Pero, Jane, ¿qué es lo que quieres de mí? ¿Cuáles son tus condiciones?

—No quiero ser su Céline Varens inglesa, colmada de lujos y joyas. Seguiré trabajando como institutriz de Adèle, ganándome mi sustento. Surtiré mi guardarropas con ese dinero, y usted me dará...

—¿Qué te daré?

—Su cariño y a mi vez le daré el mío, y quedará saldada la cuenta.

—Bien, en lo que concierne a insolencia y orgullo innatos, no tienes igual —dijo, mientras nos acercábamos a Thornfield—. ¿Quieres cenar conmigo hoy?

—No, gracias, señor.

—¿Puede saberse por qué no, gracias?

—Jamás he cenado con usted, señor, y no veo razón para hacerlo ahora, hasta...

—¿Hasta qué? ¡Te encantan las frases inconclusas!

—Hasta que no pueda evitarlo.

—¿Crees que no sé comer, que engullo como un ogro?

—No, señor, sólo deseo que todo siga como siempre durante otro mes.

—Dejarás inmediatamente tu trabajo de institutriz.

—Disculpe, señor, pero no lo haré. Seguiré tal cual hasta ahora. Me apartaré de su camino durante todo el día como he tenido costumbre de hacerlo. Puede usted hacerme llamar por la tarde, cuando se sienta con ganas de verme, y entonces iré, pero no en otra ocasión.

—Mira, Jane Eyre —dijo en un susurro—, ahora es tu turno, pequeña tirana, pero ya me llegará el mío, y cuando te tenga definitivamente, te ataré con una cadena como la de mi reloj. Sí, amor mío, te tendré siempre a mi lado como a la más preciada de mis joyas.

Bajamos del carruaje y yo emprendí la retirada escaleras arriba.

Por la noche me mandó llamar. Yo ya tenía dispuesto no pasar todo el tiempo en conversación con él, porque el atardecer es demasiado romántico y peligroso. Me levanté, fui al piano y le pedí que cantara para mí. Sabía que no tenía el menor interés de cantar en ese momento y me dijo que prefería cantarme en otra ocasión, pero finalmente accedió y me pidió que lo acompañara al piano. Así lo hice, pero en seguida me arrojó de la banqueta, diciendo que era una chapucera.

Me retiré hacia el rincón de la ventana y mientras contemplaba los árboles, oí su preciosa voz cantando una apasionada canción de amor.

Cuando terminó, caminó hacia mí; su rostro ardía, tenía los ojos chispeantes y cada rasgo revelaba ternura y pasión. Pensé que no podía ceder a las dulces escenas ni a sus demostraciones de amor.

"Me gusta demasiado", pensé, "pero tengo que poner una distancia entre él y yo". Conseguí exasperarlo con mi conversación y, cuando se hubo retirado al extremo opuesto de la sala, me levanté diciendo: "Le deseo buenas noches, señor", y salí dejándolo solo.

Seguí con este sistema durante el tiempo previsto, y con gran éxito. Se mostraba enojado, pero en el fondo advertía que se divertía de lo lindo.

Ante la presencia de los demás yo me comportaba como siempre, deferente y apacible. Siguió mandándome llamar a las siete en punto, aunque ahora cuando aparecía ante él, ya no me recibía con palabras dulces, sino que los mejores términos que me dedicaba eran: "monigote provocativo", "duende malvado", "mal espíritu" y otros.

Según vi, la señora Fairfax aprobaba mi actitud y ya no temía por mí.

Sin embargo, mi tarea no era fácil en absoluto. A menudo hubiera preferido complacerlo antes que regañarlo. Mi futuro marido se convertía en todo mi mundo, en toda mi esperanza.

# CAPÍTULO XX

El mes del noviazgo había transcurrido, faltaban horas para concluir. Todo estaba preparado. Yo tenía mis baúles listos, cerrados, y alineados contra la pared en mi dormitorio. Al día siguiente a esa hora estaría lejos, con destino a Londres, ya convertida en Jane Rochester, una persona desconocida todavía para mí.

Me sentía afiebrada y decidí salir al jardín a respirar aire. No eran solamente los preparativos lo que me ponía nerviosa, había otra causa que influenciaba en mi ánimo.

Me sobrecogía un pensamiento extraño. Había sucedido algo incomprensible para mí; nadie excepto yo había visto el incidente de la noche anterior, cuando el señor Rochester estaba ausente de la casa. Ahora aguardaba ansiosa su regreso para tranquilizar mi mente y hallar con su ayuda la solución del enigma que me intrigaba.

Me dirigí al huerto. El viento, en lugar de amainar había aumentado su ímpetu y sus aullidos. Los árboles se doblaban en una sola dirección, tal era la fuerza del fenómeno.

Con placer salvaje corrí, dejándome llevar por el viento que atronaba el espacio. Al descender por el sendero me encontré con el viejo castaño, cuyo tronco, cercenado por el centro, se erguía con curioso aspecto. El viento cesó por un instante, pero a lo lejos, entre la arboleda y los riachuelos, dejó escapar un gemido triste y lúgubre. Eché a correr. Recorrí el huerto, recogí manzanas y las llevé a casa para guardarlas en

la despensa. Deambulé por la casa, muy inquieta. Luego volví a salir y llegué hasta las verjas, pensando que él estaría cerca y me ahorraría algunos minutos de inquietud. Temía que le hubiera ocurrido algo en el camino. Me asaltó otra vez el recuerdo del incidente de la noche anterior. Caminé más rápido, hasta que, al fin, sentí que se acercaba un jinete a todo galope y junto a él corría un perro. Era él, montado en Mescour y seguido de Pilot. Me vio, se quitó el sombrero y lo agitó por encima de su cabeza. Corrí hacia él.

—¡Vaya! —exclamó mientras extendía su mano y se inclinaba sobre la silla—, no puedes vivir sin mí, es evidente. Pon el pie en el estribo, dame las dos manos, ¡arriba!

Obedecí; la alegría me daba agilidad. De un salto me coloqué ante él. Recibí en seña de bienvenida un cariñoso beso. Reprimió su exaltación para preguntarme:

—¿Pasa algo, Jane, para que vengas a mi encuentro a semejante hora?

—No, pero creí que usted no llegaba nunca. No podía estar tranquila en la casa esperándolo, con esta lluvia y este viento.

—¡Pero si estás empapada y parece que tienes fiebre! ¿Pasa algo?

—No, ahora ya no tengo miedo ni pena.

—Luego has tenido ambas cosas.

—Ya llegamos, señor, déjeme bajar.

Me dejó en el suelo. Mientras él iba a cenar, me pidió que luego de cambiarme la ropa mojada me reuniera con él en la biblioteca. Así lo hice.

—Gracias a Dios, Jane, esta es la última comida y tardarás en volver a cenar en Thornfield.

Me senté a su lado.

—¿El pensar en ir a Londres te tiene tan nerviosa?

—Esta noche apenas sé lo que pienso, señor. En mi vida todo parece irreal.

—Excepto yo, yo soy bastante material, tócame.

—Usted, señor, es el más fantasmal de todos, es un sueño.

Extendió una mano riendo.

—¿Es esto un sueño?

Tenía una mano vigorosa y un brazo fuerte y largo.

—Aunque la toque, es un sueño —contesté apartándola.

—¿Terminaste tus preparativos? —me preguntó.

—Todos.

—Yo también concluí los míos —replicó—. Está todo dispuesto y saldremos de Thornfield mañana, media hora después de volver de la iglesia.

—Perfectamente, señor.

—¡Con qué sonrisa tan maravillosa pronunciaste esas palabras, Jane! ¿Qué colores tan brillantes tienen tus mejillas y cómo brillan tus ojos! ¿Te sientes bien?

—Creo que sí, señor. ¿Usted está tranquilo?

—Tranquilo no, pero feliz sí, hasta el fondo de mi corazón. ¿Por qué dices que "crees" que te sientes bien?

Alcé los ojos para leer los signos de dicha en sus ojos.

—Ten confianza en mí, Jane —dijo—. ¿Qué temes? ¿Que no sea buen marido?

—Jamás lo pensé, señor.

—¿Temes a la nueva vida que te espera?

—No.

—Entonces no entiendo. Explícamelo.

—Pasó algo anoche, cuando usted no estaba en la casa.

—A ver, de qué se trata. ¿Te ha dicho algo la señora Fairfax, algo que te ha herido?

—No, señor, pero no me acaricie ahora, déjeme hablar. Ayer también se levantó viento en la tarde y deseé que usted estuviera en casa. Sentía una extraña excitación. Sophie me llamó para mostrarme el traje de novia y en el fondo de la caja descubrí un regalo que usted puso allí para mí: el precioso velo que encargó a Londres. Mientras lo desdoblaba me reía de sus gustos aristocráticos y de los esfuerzos que hacía para disfrazar a su novia pobre de gran dama. Pensé en el velo sin bordados ni blondas que yo había preparado para ponerme, diciéndome que eso era suficiente para una mujer que no podía ofrecer ninguna fortuna a su esposo. Y me reía imaginando cómo reaccionaría usted al verlo, oía su voz alterada afirmando que no tenía necesidad de casarse con títulos nobiliarios ni con herederas ricas.

—¡Qué bien me conoces, diablillo! —interrumpió el señor Rochester—. Pero ¿qué más pasó, descubriste veneno bajo el velo y por eso tienes este aspecto tan lúgubre?

—No, señor, la prenda es tan delicada que en ella sólo encontré el buen gusto y el orgullo de Fairfax Rochester. Pero, señor, algo atroz pasó después. Cuando me acosté, tuve un sueño terrible. Soñé que andaba por un camino desconocido, con un niño en brazos, que me pesaba mucho y dificultaba mi marcha. Pensé que usted iba adelante, mucho más adelante, y traté de alcanzarlo y llamarlo, pero mis movimientos eran dificultosos y mi voz moría en los labios, en tanto usted se alejaba más a cada instante.

—¿Y esos sueños te acosan estando a mi lado? ¡Olvídalos y sólo piensa en la felicidad real! Dime que me quieres, Jane.

—Lo amo, señor, con todo mi corazón. Pero escuche hasta el final.

—¡Cómo! ¿Aún hay más?

Me sorprendió su aire intranquilo y su modo impaciente, pero proseguí:

—Tuve otro sueño, señor. Soñé que Thornfield era un montón de ruinas, morada de murciélagos y lechuzas. En una noche de luna caminé por el interior invadido por la maleza. Llevaba siempre en brazos al niño. Oí el galope de un caballo que se alejaba por el camino. Estaba segura de que era usted que se iba por muchos años a un remoto país. Traté de verlo por última vez, trepé por la endeble pared con ansiedad anhelando volver a verlo, pero las piedras rodaban bajo mis pies, las ramas a que me aferraba cedían, y el niño, que se colgaba de mi cuello aterrorizado, casi me ahogaba. La violencia del viento me obligó a sentarme en el borde estrecho; apacigüé al asustado pequeñuelo, mientras usted doblaba un ángulo del camino. Me incliné para verlo por última vez; la pared se desmoronó, el niño resbaló de mi falda, perdí el equilibrio, caí y me desperté.

—Y eso es todo, ¿verdad, Jane?

—Es el comienzo del relato, señor. Al despertarme me deslumbró un resplandor. Creí que era la luz del día, pero estaba equivocada, era la luz de una vela. Supuse que era Sophie la que había entrado a mi habitación. La llamé, pero no hubo respuesta. Sin embargo, vi una figura que alumbraba con la vela el vestido de novia colgado en el armario y el velo que estaba extendido sobre la silla. Primero me invadió el asombro, pero finalmente la sangre se heló en mis venas. Señor Rochester, no era Sophie, ni Leah, ni la señora Fairfax, ni tampoco Grace Poole.

—Tuvo que ser una de ellas —interrumpió él.

—No, señor, le aseguro que no. Nunca había visto a esa mujer.

—Descríbela, Jane.

—Era una mujer alta, de pelo negro que colgaba a su espalda.

—¿Viste su rostro?

—Al principio no, pero cuando tomó el velo y se lo puso en la cabeza, se volvió hacia el espejo y en aquel instante vi el reflejo de sus facciones con bastante claridad.

—¿Cómo eran?

—Me parecieron horribles y lívidas. ¡Oh, señor, jamas vi un rostro así! Era una cara salvaje. Nunca podré olvidar sus ojos sanguinolentos y la espantosa hinchazón de las facciones.

—Los fantasmas suelen ser pálidos, Jane.

—Este, señor, era color púrpura. Tenía los labios abultados y negros, la frente fruncida, los ojos inyectados en sangre. Me recordó al espectro alemán, el Vampiro.

—¡Ah! ¿Qué hizo?

—Se quitó el velo de la cabeza, lo desgarró por la mitad y arrojando ambas partes al suelo lo pisoteó. Luego abrió la ventana y miró hacia afuera; tal vez vio que se aproximaba el amanecer, porque cogió el candelabro y se encaminó hacia la puerta. Al pasar junto a mi lecho se detuvo, los ojos llenos de ira se fijaron en mí, acercó el candelabro a mi cara y lo apagó bajo mi mirada aterrorizada. Perdí el conocimiento.

—¿Quién estaba contigo cuando despertaste?

—Nadie, señor. Me levanté y decidí que solo usted sabría lo que había pasado. Ahora, señor, dígame quién era esa mujer.

—El producto de tu cerebro sobreexcitado. Tendré que cuidarte mucho, amor mío, tus nervios no fueron hechos para sufrir pruebas difíciles.

—Señor, todo fue real.

—¿Y tus sueños también fueron reales? ¿Está en ruinas Thornfield? ¿Te he abandonado?

—Todavía no. Pero no son temores imaginarios. Vea usted mismo el velo desgarrado.

Vi que el señor Rochester se sobresaltaba; me abrazó con vehemencia.

—¡Gracias a Dios porque si algo maligno se acercó a ti anoche sólo dañó el velo! ¡Me estremezco al pensar lo que podría haber ocurrido!

Contuvo el aliento y me apretó tan fuerte entre sus brazos que apenas podía respirar. Al cabo de unos instantes prosiguió, muy tranquilo.

—Ahora, Jane, te explicaré todo. Fue sueño y realidad a la vez. No dudo que una mujer entrara en tu dormitorio y que esa mujer fuera Grace Poole. Tú sabes que es una mujer extraña, ya ves lo que le hizo a Mason. En tu terror le atribuiste un aspecto fantasmal que no tiene. Y te contaré por qué la tengo en mi casa cuando llevemos un año de casados. ¿Aceptas mi solución al misterio?

Reflexioné y verdaderamente me pareció la única posible.

—¿Duerme Sophie con Adèle? —preguntó mientras yo encendía mi vela para retirarme.

—Sí, señor.

—Y la cama de Adèle es lo suficientemente grande para que quepan las dos. Duerme con ella, Jane. Prefiero que no estés sola para que no vuelvas a pasar miedo.

—Lo haré encantada, señor.

—Bien —dijo el señor Rochester, fijando sus ojos en los míos—, ¿cómo se encuentra mi Jane ahora?

—La noche está en calma, señor, y yo también.

—Y esta noche no soñarás con separaciones ni penas, sino con un amor duradero y una unión dichosa.

Esta predicción se cumplió a medias, pues velé toda la noche. Cuando llegó el nuevo día, recuerdo que besé a Adèle llorando, pero acallando mis sollozos para no despertarla. Me pareció que ella era el símbolo de mi vida anterior y el hombre hacia el cual iba era el símbolo del desconocido futuro.

# CAPÍTULO XXI

Sophie llegó a las siete a vestirme. Dedicó tanto tiempo a su tarea, que el señor Rochester se impacientó. Me escurrí de manos de Sophie en cuanto pude.

—Un momento —me dijo—. No se ha mirado ni una vez al espejo.

Me miré; vi una imagen desconocida. "¡Jane!" gritó una voz. Bajé corriendo y fui recibida al pie de la escalera por el señor Rochester.

—¡Haragana —dijo—, mi cerebro arde de impaciencia y tú tardas tanto en acudir a mi lado!

Me contempló minuciosamente y dijo que estaba "bella como una azucena".

Llamó a un sirviente recientemente contratado y le preguntó si estaba John preparando el carruaje y si el equipaje ya estaba en él.

—Sí, señor —respondió el sirviente.

—Ve a la iglesia —le dijo—, y pregunta al párroco si ya está listo y vienes a avisarme.

La iglesia se hallaba situada al otro lado de las verjas, de modo que el sirviente volvió en seguida.

—El señor Wood ya está listo, señor.

—Jane, ¿estás dispuesta?

Estaba dispuesta. No había que aguardar a padrinos ni damas de honor ni familiar alguno. Sólo éramos el señor Rochester y yo. La señora Fairfax se hallaba en el vestíbulo cuando pasamos. Hubiera querido acercarme a ella, pero mi mano estaba aprisionada por una garra de acero. Me veía arrastrada a andar a un paso que difícilmente podía seguir. Me pregunto si existió nunca un novio que ofreciera su aspecto tan obstinado, o que, bajo esas cejas tupidas, revelara una mirada tan chispeante y ardiente.

No sé si hacía un día radiante o no; mientras descendía por la senda no miré el cielo ni el suelo; mi corazón y mis ojos estaban clavados en la persona del señor Rochester.

Se detuvo ante la iglesia y entonces se dio cuenta de que yo jadeaba.

—Estoy haciendo sufrir a mi amor —dijo—. Detengámonos un instante, apóyate en mí, Jane.

Ahora evoco la imagen de la vieja casa de Dios, erguida y serena ante mí. Recuerdo las verdes colinas y no olvido las figuras de dos forasteros paseando entre los terraplenes y leyendo los recordatorios de las pocas lápidas del cementerio parroquial; no me cupo la menor duda de que entrarían a la iglesia para presenciar la ceremonia. El señor Rochester no los vio, pues fijaba su mirada en mi rostro.

Entramos en el templo tranquilo y humilde. El sacerdote nos aguardaba revestido de blanco ante el altar, acompañado de su sacristán. Reinaba una quietud total. Vi que en realidad los dos forasteros habían entrado también y examinaban la cripta de los Rochester, de espaldas a nosotros.

Nos detuvimos ante el comulgatorio. Comenzó el servicio. La explicación del propósito del matrimonio fue breve y acto seguido el sacerdote se inclinó ligeramente ante el señor Rochester y dijo:

—Os exhorto a que, si alguno de vosotros sabe

de un impedimento por el que no podáis uniros legalmente en matrimonio, así lo declare ahora.

Hizo una pausa, como es de ritual. Extendió el brazo hacia el señor Rochester y preguntó:

—¿Quieres a esta mujer como legítima esposa?

Entonces una voz clara dijo:

—Esta ceremonia no puede seguir: declaro la existencia de un impedimento.

El sacerdote miró a quien había hablado y guardó silencio. El señor Rochester se tambaleó como si la tierra se hubiera estremecido bajo sus pies. Adoptó una postura más firme y, sin volver la cabeza, dijo:

—Prosiga.

Al cabo de un silencio, el señor Wood dijo:

—No puedo continuar sin investigar lo que acaban de afirmar y tener evidencia de su verdad o falsía.

—La ceremonia ha concluido —agregó la voz a nuestra espalda—. Estoy en condiciones de demostrar mi alegato: existe un obstáculo insuperable para la realización de este matrimonio.

El señor Rochester no se inmutó, siguió rígido, inmóvil, pero apretó mi mano con fuerza. ¡Y qué pálido estaba!

—¿Cuál es ese impedimento? —preguntó desconcertado el señor Wood.

—Consiste en la existencia de un matrimonio anterior. El señor Rochester tiene una esposa que vive.

Mis nervios vibraron al oír estas palabras. Miré al señor Rochester y él me miró. Nada negó, parecía querer desafiarlo todo. Sin hablar, sin sonreír, sin reconocer en mí a un ser humano, se limitó a ceñirme la cintura con su brazo y a apretarme contra él.

—¿Quién es usted, que quiere imponerme una mujer? —preguntó al intruso.

—Mi nombre es Briggs, soy abogado y pretendo recordarle la existencia de su esposa, señor Rochester.

—Déme datos sobre ella.

El señor Briggs sacó un documento y leyó:

*Certifico que hace quince años Edward Fairfax Rochester contrajo matrimonio con mi hermana Bertha Antoinetta Mason en Spanish Town, Jamaica. Firmado*

*Richard Mason*

—Eso prueba un matrimonio, pero no que la mujer mencionada ahí como mi esposa viva aún —dijo el señor Rochester.

—Vivía hace tres meses —replicó el abogado.

—¿Cómo lo sabe?

—Cuento con un testigo cuyo testimonio ni usted, señor, podría rebatir.

—Preséntelo, o váyase al infierno.

—Señor Mason, tenga la bondad de adelantarse.

El señor Rochester, al escuchar el nombre, apretó los dientes y se estremeció.

Asomó por el hombro del abogado un rostro pálido. Era Mason. El señor Rochester se volvió a mirarlo, alzó su fuerte brazo y habría podido aplastarlo

contra el suelo de la iglesia, pero Mason evitó el
golpe.

—¿Qué tienes tú que decir? —dijo con desdén y
frialdad el señor Rochester.

—Ella vive actualmente en Thornfield —dijo Mason—. La vi el mes de abril último. Soy su hermano.

—¡Imposible! —exclamó el sacerdote—. Llevo mu-
chísimos años viviendo en estos contornos y jamás tuve
conocimiento de que hubiera una señora Rochester en
Thornfield Hall.

Vi que una mueca contraía la boca del señor
Rochester, quien murmuró:

—Tomé precauciones para que nadie lo supiera.

Reflexionó unos instantes, pareció tomar una resolución, y dijo:

—Basta ya, todo se sabrá de una vez. Señor Wood,
cierre su libro, hoy no habrá boda.

Y continuó precipitadamente:

—¡Bigamia es una palabra fea! Y sin embargo, pretendí ser un bígamo, pero el destino me ha delatado
o la Providencia ha impedido mi propósito. Caballeros, mi plan ha fracasado. Lo que este abogado y su
cliente dicen es verdad. He estado casado y la mujer
con quien me casé está viva. Ha habido ciertos rumo-
res acerca de la misteriosa lunática que permanece en
Thornfield Hall bajo vigilancia; algunos dirían que es
mi hermana bastarda, otros que es una amante. Puedo informarles ahora que es mi esposa con quien me
casé hace quince años, Bertha Mason, hermana de este
valiente personaje. ¡Ánimo, Dick, no tiembles más, no

tienes nada que temer de mí! Bertha Mason está loca y procede de una familia en la que hubo maníacos e idiotas por tres generaciones. Su madre estaba perturbada y era una borracha, según descubrí después del casamiento. Bertha fue la viva imagen de su madre en ambos aspectos. ¡Tuve una compañera ideal, como comprenderán! Pero no les daré más explicaciones. Señor Wood, señor Briggs, señor Mason, los invito a mi casa para que conozcan a la paciente de la señora Poole, ¡a mi esposa! Verán con qué clase de ser me casé, engañado, y juzgarán si tenía o no derecho a romper el pacto para buscar consuelo en algo humano. Esta muchacha —dijo, mirándome— sabía tanto como usted, señor Wood, del repugnante secreto. ¡Ella creía que todo era legal, sin soñar que iba a unirse a un infeliz ligado ya a una mujer mala, loca y embrutecida! ¡Vengan todos ustedes, síganme!

Salió de la iglesia teniéndome aún fuertemente cogida. Los tres caballeros salieron detrás. Ante la puerta principal estaba el carruaje.

—Llévalo a la cochera —dijo a John fríamente—. Hoy no lo necesitaremos.

Cuando entramos, la señora Fairfax, Adèle, Sophie y Leah se acercaron a saludarnos.

—¡Apártense! —gritó el señor Rochester—. ¡No necesito ya vuestras felicitaciones! ¡Llegaron quince años tarde!

Subió las escaleras hasta el tercer piso, llevándome siempre de la mano. Abrió la puerta de la pieza donde estuve con el señor Mason herido y entramos.

—Conoces el lugar, Mason —dijo—, aquí te atacó y te mordió.

Abrió la otra puerta. Era una habitación sin ventanas. Grace Poole estaba inclinada cocinando algo. En el extremo opuesto se divisaba en la penumbra una figura que corría de un lado a otro. Imposible afirmar si era bestia o persona. Aparentemente se arrastraba en cuatro patas, gruñendo como un animal feroz, pero estaba cubierta de ropas y un abundante cabello negro le ocultaba la cara.

—Buenos días, señora Poole —dijo el señor Rochester—. ¿Cómo está su pupila hoy?

—Medianamente, señor, gracias —respondió Grace en tono huraño.

Un grito salvaje pareció dar un mentís a su informe: la hiena humana se levantó y se irguió sobre sus patas traseras.

—¡Ah, señor, lo ha visto! —exclamó Grace—. Es mejor que se marche.

—Me quedaré sólo unos instantes, Grace.

—¡Tenga cuidado, señor, cuidado, por el amor de Dios!

La loca rugió y apartó los cabellos de su rostro. Reconocí aquellas facciones hinchadas.

—Supongo que no tiene cuchillo esta vez —dijo el señor Rochester—, además estoy preparado.

—Uno nunca sabe qué hará, señor, es tan astuta.

—Sería preferible que la dejáramos sola —murmuró Mason.

—¡Cuidado! —gritó Grace.

Los tres hombres se retiraron simultáneamente. El señor Rochester me arrojó hacia atrás. La loca, de un salto, se aferró a su cuello y quiso morderlo en la mejilla. Hubo una lucha. Ella era maciza, de estatura casi igual a la de su marido, y corpulenta. En la pelea reveló poseer fuerzas de hombre. Por fin, el señor Rochester la dominó. Grace le dio una cuerda y él la amarró a una silla. Entonces el señor Rochester se volvió hacia los espectadores, con una sonrisa mordaz y desolada.

—Esa es mi mujer —dijo—. ¡Este es el único abrazo y las únicas caricias que distraen mis horas de ocio! Y ésta es la que yo quería tener —añadió apoyando su mano en mi hombro—, esta muchacha, que permanece tan seria ante la boca del infierno, contemplando con serenidad las cabriolas de un demonio. La amé por ser distinta a esa fiera. Señor Wood, señor Briggs, ¡vean la diferencia y júzguenme, sacerdote del Evangelio y hombre de leyes, y recuerden que con el juicio con que juzgan seréis juzgados! Y ahora, salgamos.

Mientras bajábamos, el abogado me dijo:

—Usted, señora, queda exenta de toda culpa. Su tío se alegrará de saberlo, si vive aún, cuando el señor Mason regrese a Madeira.

—¡Mi tío John! ¿Usted lo conoce?

—El señor Mason lo conoce, pues estaba de paso en Madeira cuando el señor Eyre recibió su carta anunciándole su matrimonio. Así supo mi cliente de los planes del señor Rochester, y le contó toda la historia al señor Eyre. Lamento informarle que su tío está muy grave, y como no podía viajar a Inglaterra, le pidió al señor Mason que impidiera este falso matrimonio.

Se marcharon el abogado y su cliente, y el párroco se quedó hablando con el señor Rochester. Después, también se marchó.

Subí a mi dormitorio. Exteriormente no había cambio en mí. Y, no obstante, ¿dónde estaba la Jane Eyre de ayer?

Jane Eyre, que fuera casi una novia esperanzada, era de nuevo una muchacha solitaria y fría. Era como si una helada cayera en verano destrozando las rosas y los campos hubieran quedado cubiertos por una blanca capa de nieve. Mis esperanzas habían muerto. Contemplé mi amor, ese sentimiento que creara mi señor; la angustia se había apoderado de él; no podía buscar los brazos del señor Rochester, no podía hallar calor en su pecho, porque la fe estaba marchita, la confianza destruida. No podría decir que me hubiera traicionado, pero ya no era el hombre que fuera para mí.

Tenía que irme, eso lo sabía bien, pero ¿adónde, cómo, cuándo? No cabía duda de que él mismo querría alejarme de Thornfield. No podía sentir verdadero amor por mí, todo no fue más que una pasión caprichosa que se frustró. Ya no querría verme. ¡Qué ciegos fueron mis ojos! ¡Qué débil mi voluntad!

Estaba tendida en mi cama como en el fondo de un río oscuro. Carecía de voluntad para levantarme y de fuerzas para huir. Sólo quería morir. Un recuerdo de Dios trajo a mi mente una oración silenciosa. "No

te alejes de mí, no hay nadie que me dé consuelo."
Pero mis labios no la dijeron, no doblé las rodillas. La
conciencia de mi vida solitaria, de mi amor perdido,
de mi esperanza truncada, de mi fe abatida, se me vino
encima como una inmensa mole.

# CAPÍTULO XXII

Por la tarde, en cierto momento, alcé la cabeza y miré en torno mío. "¿Qué voy a hacer?", me pregunté. Y mi mente me dio la réplica: "Abandonar Thornfield inmediatamente". "¡No puedo dejar al señor Rochester!", alegué.

Pero una voz interior me aseguró que podía hacerlo, y que lo haría sola, sin ayuda de nadie.

Pasé el día en mi pieza, sin comer nada. Me sentía enferma, y a pesar de mi dolor, pensé que nadie me había invitado a bajar, ni siquiera Adèle o la señora Fairfax. Decidí salir y al abrir la puerta tropecé con un obstáculo. La cabeza me daba vueltas y me sentí muy débil. Caí, pero no al suelo; me recibió un brazo extendido. Alcé los ojos y vi que me sostenía el señor Rochester, que estaba sentado en una silla en el umbral de mi habitación.

—Por fin has salido —dijo—. He aguardado largo tiempo y no he escuchado ni un movimiento ni un sollozo. Cinco minutos más de silencio y habría forzado la cerradura, como un ladrón. ¡Me rehúyes para encerrarte y sufrir a solas! Eres apasionada y yo esperaba una escena. Esperaba un torrente de lágrimas y lo único que quería era que las derramaras sobre mi pecho. Pero veo unas mejillas pálidas y unos ojos tristes, pero no hay huellas de lágrimas. Supongo, entonces, que tu corazón ha llorado sangre, ¿no es cierto? Bien, Jane, ¿ni una palabra de reproche, nada amargo, nada mordaz, nada que hiera un sentimiento o avive una pasión? Permaneces inmóvil, sentada donde te he dejado, mirándome con ojos cansados y pasivos. Jane, jamás pretendí herirte así. Nadie detesta su cruel destino como lo detesto yo. ¿Llegarás a perdonarme?

Lo perdoné en ese instante y lugar. Había tal remordimiento en su mirada, tanta compasión en su voz, y un amor tan intenso en su semblante, que lo perdoné, aunque no con palabras, sino en el fondo de mi corazón.

—¿Sabes que soy un canalla, Jane? —preguntó ansiosamente, sorprendido por mi obstinado silencio y sumisión.

—Sí, señor.

—Pero dímelo.

—No puedo, me siento tan enferma y cansada. Quiero agua.

Lanzó un suspiro hondo y, llevándome en brazos, me condujo abajo, no me di cuenta adónde. Bebí un poco de vino, comí algo y me sentí más animada. Estaba en la biblioteca, sentada en su sillón y lo tenía muy cerca de mí.

—¿Cómo te sientes, Jane?

—Mucho mejor, señor.

Se inclinó hacia mí con palabras de apasionada emoción, pero recordé que ahora no podía aceptar sus caricias. Retiré la cara y aparté la suya.

—¡Cómo! ¿Qué significa esto? —exclamó—. ¡Ah, ya comprendo! ¿No quieres besar al esposo de Bertha Mason? ¿Crees usurpar sus brazos?

—Así es, señor, no tengo derecho a ellos.

—Porque ya tengo mujer, ¿no es eso, Jane?

—Sí.

—Y piensas "Ese hombre casi me convirtió en su amante, he de mantener una actitud fría y distante con él", ¿no es así?

—Todo ha cambiado para mí, señor. Creo que lo mejor es que Adèle tenga una nueva institutriz.

—Adèle irá a un colegio y ni tú ni yo permaneceremos aquí, en este lugar maldito. Cerraré la casa. Sólo quedará Grace Poole para cuidar a la loca.

—Señor —le interrumpí—, usted se muestra cruel con esa mujer, ella no puede evitar estar loca.

—Estás equivocada, yo no la odio por estar loca. Pero la culpa es mía, insisto en que me creas y no te he explicado por qué. ¿Puedes escucharme?

—Sí, señor, durante horas si quiere.

—¿Oíste decir alguna vez que no soy el primogénito de mi familia?

—Recuerdo que la señora Fairfax me lo contó en cierta ocasión.

—Mi padre fue un hombre muy avaro y no podía soportar la idea de repartir sus bienes entre sus dos hijos. Determinó que todo sería de mi hermano Rowland, el mayor. Pero no quería que su otro hijo fuera pobre, de modo que planeó un matrimonio conveniente y me buscó novia. Tenía un amigo en América, el señor Mason, que era bastante rico y que tenía una hija. Supo que ésta tenía una dote de treinta mil libras, lo que le pareció suficiente. Cuando salí de la Universidad me mandó a Jamaica, para casarme con la novia que había elegido para mí. Era una bella muchacha, parecida a Blanche Ingram, alta, morena, majestuosa. Su padre y sus parientes, no vi a su madre y creí que había muerto, me ataron de inmediato, fascinados con este novio de buena familia. Me la mostraron en fiestas, espléndidamente vestida. Rara vez estuve con ella a solas. Me halagó el hecho de que todos los hombres de Spanish Town la admiraban y me envidiaban. Y así me vi casado con ella antes de que me diera cuenta cómo. No la amaba, no la conocía y sin embargo me casé con ella. ¡Me desprecio por eso! Después de la luna de miel supe que la madre estaba loca y encerrada en un asilo para enfermos mentales. Un hermano menor también era idiota. El mayor, al que tú conociste, probablemente llegará pronto al mismo estado. Mi padre y Rowland sabían todo esto, pero sólo pensaron en las treinta mil libras, y se unieron a la confabulación que me estaba destinada. Pronto descubrí que la naturaleza de mi esposa era totalmente contraria a la mía; descubrí que no podía pasar un día ni una noche a su lado en forma apacible; que era imposible mantener una conversación con ella porque no era inteligente ni educada. Nadie quería trabajar en mi casa por sus continuos arrebatos de ira y por su manera de humillar a los criados. No hice reproches sino que traté de mantener en secreto mi repugnancia y mi sufrimiento. Jane, no te abrumaré con detalles abominables, algunas palabras te bastarán. Viví con esa mujer durante cuatro años. Su carácter maduró, brotaron con horrible celeridad todos sus vicios. ¡Bertha Mason, hija de una madre infame, me arrastró a todas las agonías degradantes y horrendas que debe experimentar un hombre unido a una mujer sin pudor ni medida! En ese intervalo murió mi hermano Rowland y poco después mi padre. Ahora era rico y sin embargo espantosamente pobre. Estaba ligado a la mujer más grosera, impura y depravada que jamás conociera y no podía deshacerme de ella por ningún medio legal, pues los doctores descubrieron que "mi esposa" estaba demente. Sus excesivos vicios habían desarrollado prematuramente los gérmenes de la locura familiar.

Calló un instante, muy agitado.

—¿Qué hizo, señor, al descubrir que estaba loca?

—Los médicos ordenaron mantenerla encerrada. Determiné quedar limpio de mancha a mis propios ojos, ya que ante los que me rodeaban estaba cubierto de un sucio deshonor, pues la sociedad unía su nombre al mío, aunque yo quería permanecer ajeno a sus vicios y a sus defectos mentales. Una noche de tormenta, sus alaridos se hicieron insoportables; mezclaba mi nombre con acento diabólico, valiéndose de palabras terribles. ¡Jamás prostituta alguna ha empleado vocabulario tan obsceno como el suyo! No podía soportar más. Quise matarme, pero la crisis de desesperación duró poco. Decidí volver a Inglaterra, traerla conmigo y confinarla en Thornfield, donde nadie sabría su parentesco conmigo, pues mi padre y mi hermano se habían preocupado de no dar a conocer mi fatídico matrimonio, avergonzados de la conducta de la esposa que me impusieran. Me vine, lleno de esperanzas, la instalé con comodidad y seguridad en esa habitación del tercer piso y contraté a Grace Poole para cuidarla. Sólo ella y el doctor Carter (el que vino a curar a Mason la noche en que lo acuchilló) saben la verdad. Luego, me trasladé al continente y anduve errante en busca de una mujer inteligente y buena a quien amar, el polo opuesto de la fiera que dejara en Thornfield.

—Pero usted no podía casarse, señor.

—Decidí que podía casarme. No pretendía engañar a nadie, pensaba contar mi historia y me consideraba tan libre de poder amar, que jamás dudé que una mujer estuviera dispuesta a comprender mi situación y aceptarme a pesar de la maldición que pesaba sobre mí. Durante diez años vagabundeé por Europa. Busqué mi ideal de mujer entre inglesas, francesas, italianas, alemanas. No lo pude encontrar. Sin embargo, no podía vivir solo y probé la compañía de una amante. La primera fue Céline Varens, otro de los pasos que mi inspiran desprecio de mí mismo cuando lo recuerdo. Ya sabes cómo terminó mi unión con ella. Luego vino Giacinta, una italiana que carecía de principios y era violenta; me cansé de ella a los tres meses. Luego Clara, alemana, torpe, necia e insensible; me deshice de ella mediante una suma de dinero. Jane, veo por la expresión de tu cara que no te formas una opinión muy favorable de mí. ¿Me crees un bribón despiadado?

—La verdad, señor, es que no me agrada usted tanto como antes.

—Yo odio el solo recuerdo de la época que pasé con esas mujeres.

Sentí que sus palabras eran sinceras.

—No he terminado aún. El pasado enero, en una fría tarde de invierno, cabalgaba en dirección a Thornfield, al lugar que detestaba, donde no esperaba hallar paz ni placer. Cerca de Hay vi a una personilla sentada en los peldaños de un portillo. No presentí que ella llegaría a ser mi hada del bien y del mal. Tuve un accidente y ella me ayudó y supe que era la nueva institutriz. Al día siguiente te observé desde mi alcoba. Estabas en el corredor con Adèle, a quien enseñabas sus lecciones y escuchabas pacientemente sus tonterías. A menudo mirabas por la ventana y tu aspecto reflejaba las dulces meditaciones de la juventud. La señora Fairfax te llamó y saliste de tu ensueño con una sonrisa y acudiste a su habitación. Me enojé contigo por haber desaparecido de mi vista. Esperé con impaciencia la llegada de la noche para hacerte venir a mi presencia. Deseaba profundizar en tu carácter para conocerte mejor. Descubrí en ti extraños contrastes. Tus ademanes estaban restringidos por la disciplina, tenías un aspecto tímido, sin embargo, cuando te hablaba, alzabas unos ojos suspicaces y atrevidos y los clavabas en los míos. Pronto pareció que te habituabas a mí; a pesar de mis gruñidos no demostrabas sorpresa ni temor. Me gustaba lo que veía en ti y quería conocerte más. Yo deseaba prolongar esa etapa de amistad, por eso durante largo tiempo te traté con indiferencia y busqué en raras ocasiones tu compañía. Además temía que si me apresuraba marchitaría el suave encanto de tu frescura. En aquellos días, Jane, tu semblante tenía una expresión meditabunda y poco alegre. Me concedí el placer de mostrarme amable contigo. Mi amabilidad no tardó en provocar emoción, tu rostro se suavizó y tu voz se hizo más dulce. Me gustaba como pronunciabas mi nombre, me gustaba tu compañía. Te quería demasiado ya y me encantaba ver que, cuando era cordial contigo, subían a tu cara tal lozanía y felicidad que a menudo me era difícil evitar el estrecharte ahí mismo contra mi pecho.

—No hable más de aquellos días, señor —interrumpí enjugando mis lágrimas.

—Es cierto —dijo—. ¿Qué necesidad hay de vivir en el pasado cuando el presente es tanto más seguro y el futuro tanto más brillante?

Me estremecí al escuchar esto.

—Ahora ya comprendes la situación, ¿no es cierto? —prosiguió—. Después de una juventud desafortunada y una soledad espantosa, por primera vez he hallado a la que puedo amar de verdad. Eres mi amor, mi ángel bueno. Por eso resolví casarme contigo. Decirme que ya tengo mujer es una burla, ya sabes que sólo tengo un demonio horrendo. Hice mal en tratar de engañarte, pero tuve miedo a la terquedad de tu carácter. Quería tenerte segura antes de hacerte confidencias. Fue una cobardía, debiera haberte abierto mi corazón y haberte rogado que me aceptaras. Te lo pido ahora, Jane.

Guardé silencio. Pasaba por una terrible prueba. Ningún ser humano pudo desear verse tan amado como yo, y yo adoraba a aquel que me quería de esa manera. Sin embargo, debía renunciar al amor.

—Jane, sólo quiero que digas: Seré suya, señor Rochester.

—Señor Rochester, no seré suya.

Otro silencio prolongado.

—¡Jane! —comenzó de nuevo, con una delicadeza que me llenó de dolor y terror, porque esta voz queda era el jadeo de un león al acecho—. ¿Pretendes ir tú por un lado y yo por otro?

—Así es.

Se inclinó y me abrazó.

—Jane —dijo—, ¿sigues pensando lo mismo?

—Sí.

—¿Y ahora? —mientras besaba suavemente mi frente y mis mejillas.

—Sí —repetí, escapando de sus brazos.

—¿Qué haré sin ti, Jane?

—Haga como yo: confíe en Dios y en sí mismo.

—¿Es mejor empujar a un semejante a la desesperación que violar una simple ley humana? Tú no tienes parientes a quienes ofender viviendo conmigo.

Eso era cierto. Una parte de mí gritaba: ¡Acéptalo! Pero me afirmé en mis principios. Sólo una necia podía sucumbir en esos momentos. Me encaminé hacia la puerta.

—¿Te vas, Jane?

—Sí, señor.

—¿Me abandonas?

—Sí.

—Mi profundo amor, mi terrible dolor, mis apasionados ruegos, ¿nada significan para ti?

¡Qué emoción encerraba su voz! Qué doloroso fue repetir con firmeza:

—Me marcho.

—¡Oh, Jane! ¡Mi esperanza, mi amor, mi vida!

Volví y me arrodillé a su lado. Besé su mejilla y alisé su pelo con la mano.

—¡Dios lo bendiga, mi querido señor! —dije.

—El amor de mi Jane habría sido la mejor bendición, sin él mi corazón está destrozado.

Se puso de pie con los ojos relampagueantes y quiso abrazarme, pero lo eludí y abandoné la sala.

—¡Adiós! —sollozó mi corazón. Y la desesperación añadió—: ¡Adiós para siempre!

Aquella noche no pude conciliar el sueño, pero una especie de sopor me transportó en la imaginación a las escenas de mi infancia y reviví ese pasado de cruel sufrimiento.

Al amanecer me levanté, hice un paquete con algunas ropas y puse en mi bolsillo una bolsa conteniendo los veinte chelines que eran todo mi patrimonio, y abandoné la habitación en puntillas.

—¡Adiós, bondadosa señora Fairfax —susurré mientras pasaba quedamente ante su puerta—. ¡Adiós, mi querida Adèle! —dije frente a su cuarto.

No podía entrar a abrazarla. Tenía que burlar un oído muy fino que tal vez estuviera ya alerta.

Habría pasado ante la habitación del señor Rochester sin detenerme, pero mi corazón dejó de latir momentáneamente cuando vi aquel umbral, obligando a mis pies a detenerse también. No dormía el ocupante de esa alcoba, la recorría infatigable de extremo a extremo, suspirando repetidamente. Si yo quería podría aguardarme en este aposento un paraíso, sólo tenía que entrar y decirle:

—Señor Rochester, lo querré y viviré con usted hasta que la muerte nos separe —y me vería envuelta en apasionados abrazos.

Mi bondadoso señor, que no podía conciliar el sueño, esperaba la llegada del día con impaciencia. Por la mañana mandaría a buscarme y ya me habría marchado; padecería y tal vez se sumiría en la desesperación. Mi mano se posó en la empuñadura de la puerta; pero la retiré y proseguí mi camino.

Bajé las escaleras llena de tristeza. Sabía lo que tenía que hacer y lo hice en forma mecánica. Busqué la llave de la puerta lateral, busqué también una aceitera y una pluma para engrasar la llave y la cerradura. Me proveí de agua y de pan, porque tal vez tendría que recorrer un largo trecho y no debía permitir que decayeran más mis pobres fuerzas. Hice todo en silencio. Abrí la puerta y la cerré suavemente tras de mí. Las verjas estaban cerradas, pero el postigo de una de ellas sólo tenía la aldaba echada y por allí salí de Thornfield.

Tomé el camino opuesto a Millcote, un camino que nunca recorriera antes, pero que siempre me pregunté a dónde conduciría. No podía permitirme reflexiones ahora, no debía mirar ni un momento hacia atrás, ni siquiera hacia adelante. El pasado era una página tan divinamente dulce, tan mortalmente triste que leer una línea conseguiría disipar mi valor y abatir mi espíritu. El futuro era una laguna horrenda: algo parecido al mundo cuando hubo cesado el diluvio.

Crucé campos y cerros hasta después del amanecer. Creo que hacía una mañana de verano espléndida. Sabía que mis zapatos estaban húmedos por el rocío. Pero mis ojos ni se fijaron en la naturaleza que despertaba. Aquél a quien conducen al patíbulo a través de un paisaje hermoso no piensa en las flores que sonríen en su camino, sino en la funesta plataforma y en el filo del hacha, o en el hueco de la tumba que lo aguarda al final. Yo pensaba en el hombre que dejaba atrás. Aún estaba a tiempo, todavía podía evitarle este dolor, podía volver y echarme en sus brazos, y ser su consuelo, su orgullo, su redentora de la miseria y acaso de la ruina. ¡Cómo me torturaba ese temor de su abandono, mucho más que el mío! Lo sentía como una flecha clavada en mi pecho, que me desgarraba cuando los recuerdos la hundían todavía más hondo. En medio de mi aflicción y pugna de principios, me detesté.

No contaba con el consuelo de mi propia aprobación, ni siquiera el de mi propia estima. Yo había injuriado, herido, abandonado a mi señor. Pero era imposible regresar, retroceder un solo paso. Sólo Dios podía guiarme. Mi voluntad quedó humillada y mi conciencia ahogada por el profundo dolor. Iba llorando desconsolada mientras avanzaba por el camino solitario. Caminaba rápido, como fuera de mí. De pronto me sentí tan débil que caí al suelo. Permanecí echada durante algunos minutos, apretando el rostro contra el pasto húmedo. Tenía el temor —o la esperanza— de morir. Pero no tardé en recobrarme, me arrastré sobre manos y rodillas, y luego me enderecé, decidida como nunca a alcanzar el camino.

Cuando llegué a mi meta me vi obligada a descansar bajo unos arbustos y al poco rato sentí un ruido de ruedas que avanzaba por la senda. Vi que se aproximaba un coche. Me levanté y agité la mano. Se detuvo. Pregunté qué destino llevaba; el conductor citó un lugar muy distante, donde me constaba que el señor Rochester no tenía amistades. Le pregunté si me podía llevar por los veinte chelines que tenía y aceptó. Me permitió que me instalara en el interior del carruaje, ya que iba vacío. Entré y el coche prosiguió su marcha.

¡Ojalá nadie sienta nunca lo que yo sentí en ese entonces! ¡Ojalá nadie derrame lágrimas tan violentas, desconsoladas y ardientes como las que brotaron de mis ojos! ¡Ojalá nadie tenga que ser el instrumento del mal para aquel a quien ama con toda el alma!

# CAPÍTULO XXIII

Pasaron dos días. El cochero me había dejado en un lugar llamado Whitcross. Al quedarme sola me di cuenta de que había olvidado sacar mi paquete del interior del coche. No tenía ropa ni dinero.

Whitcross no era una ciudad, ni un villorrio siquiera, sino un pilar de piedra colocado en el cruce de cuatro caminos. De acuerdo con las inscripciones, el pueblo más cercano estaba a diez millas, el más alejado a veinte. Gracias a que tenían nombres conocidos, logré saber dónde estaba: era una región del norte del país, rodeada de montañas. A mi espalda y a ambos lados se extendían grandes páramos. Debía ser escasa la población en esos lugares pues no se veía a nadie por los caminos, amplios y solitarios. Era una suerte porque no deseaba que nadie me viera y me preguntara qué hacía allí, vacilando ante un poste indicador y evidentemente desorientada. Todas mis respuestas habrían parecido increíbles y sospechosas. Ningún lazo me unía a la sociedad humana en ese momento, ninguna esperanza me llamaba donde mis semejantes, nadie tendría un pensamiento amable hacia mí. Mi único pariente era la Naturaleza. Buscaría refugio en ella.

Me interné en el campo desolado, me encaminé hacia una quebrada, la vadeé hundida hasta las rodillas en su negra maleza, hasta que me senté a descansar debajo de una roca musgosa. Pasó algún tiempo hasta que logré sentirme a salvo allí. Temía que hubiera animales o que me descubriera algún cazador. Una vez sosegada por el profundo silencio reinante, recobré la confianza. Empezaba a anochecer. Ahora podía reflexionar.

¿Qué hacer, dónde ir? ¡Qué preguntas tan tontas, si no tenía adónde ir! ¡Qué camino tan largo debería seguir, cansada a morir como estaba, antes de encontrar alguna casa donde conseguir alojamiento! Distinguí unos arándanos que brillaban como perlas entre los brezos; cogí un puñado y lo comí con el pan que me quedaba. Así pude apaciguar, ya que no satisfacer, la punzada del hambre. Luego dije mis oraciones y elegí mi lecho en medio del brezo.

Habría gozado de un buen descanso de no ser porque lo turbaba la gran congoja de mi corazón. Sólo pensaba en el señor Rochester. Temblaba por él, sentí una compasión amarga y anhelaba sin cesar su presencia. Impotente como un pájaro con las alas rotas, seguía estremeciéndolas en el vano intento de volar en su busca.

Deshecha por estos pensamientos torturantes, me arrodillé. Había llegado la noche. Era una noche tranquila, demasiado serena para hacer compañía al temor. Sabemos que Dios está en todas partes, pero ciertamente sentimos más Su presencia cuando Sus obras se hallan ante nosotros en su más amplia representación. Quise rezar por el señor Rochester. Mirando hacia el cielo, cuajado de estrellas, sentí la fuerza de Dios. Estaba segura de que la tierra no sucumbiría ni ninguna de las almas que guardaba. Di gracias a Dios. El señor Rochester estaba a salvo, porque pertenecía a Dios y Dios lo guardaría. De nuevo me acurruqué y al poco rato el sueño disipó mi dolor.

Pero al día siguiente acudió la Necesidad. Mucho antes del amanecer me levanté y miré a mi alrededor. La vida estaba en mi interior, a pesar de todo, con todas sus exigencias, penas y responsabilidades. Debía sobrellevar la carga, soportar el padecimiento. Me puse en marcha. Caminé largo tiempo y, agotada, me senté por fin sobre una piedra. En eso escuché repicar una campana, de alguna iglesia probablemente.

Me dirigí hacia el lugar de donde provenía el sonido y, entre las colinas, vi un villorrio y un campanario.

Cerca de las dos de la tarde entré en el pueblo. Me moría de hambre. Al final de su única calle había una tiendecita en cuyos escaparates se mostraban unas bandejas con pan. ¿Qué haría para procurarme algo de comer? Tenía un pañuelo de seda y también un par de guantes que podía ofrecer en lugar de dinero. ¿Cómo obrarían otras personas en una situación como ésta? Ignoraba si me aceptarían alguno de aquellos objetos. Con seguridad que no, pero había que intentarlo.

Entré en la tienda, en la que había una mujer. Se me acercó cortésmente. No me atreví a ofrecerle los guantes algo usados ni a hacer la petición que había preparado. Sólo le pedí permiso para sentarme un instante porque estaba cansada. Defraudada, indicó con frialdad una silla y me hundí en ella. Sentí ganas de llorar amargamente, pero me contuve. Me armé de valor y le pregunté si habría algún trabajo como modista o como criada en las cercanías.

—No —respondió—, ya hay las suficientes.

Y era cierto. Pregunté por todas partes y fue la misma respuesta: no había trabajo para una mujer en ese pueblo. La mayoría de los habitantes eran granjeros y otros trabajaban en la fábrica del señor Oliver, pero se admitían sólo hombres. Traté de conseguir comida a cambio de mi chal o de mis guantes, pero me respondieron. "¿Y para qué quiero yo esas cosas?"

Recorrí la calle mirando las casas a ambos lados, pero no pude encontrar ningún pretexto para entrar en ellas. Deambulé por el villorrio; me encontraba agotada y atormentada por el hambre. La tarde avanzaba y yo seguía andando como perro vago.

En la puerta de una cabaña vi a una muchachita que iba a arrojar una sopa fría en un comedero de cerdos.

—¿Quieres dármelo? —pregunté.

—¡Madre! —gritó—, una mujer quiere que le dé la sopa.

—Dásela —respondió una voz desde la casa—. Debe ser una mendiga. Dásela, el cerdo no la va a comer.

La devoré con ansias.

Después me alejé del pueblo hacia el campo. Prefería morir allí que en una calle o en un camino frecuentado. Vagué muchas horas más bajo la lluvia implacable que caía desde el atardecer. Era ya de noche cuando de pronto, a lo lejos, divisé una luz. Me dirigí hacia ella, atravesando un pantano de fango en el cual resbalé dos veces. Pero me levanté con renovadas fuerzas. Esa luz era mi última esperanza, tenía que alcanzarla. Aunque podía ser que al llamar me cerraran la puerta en la cara. Me dejé caer al suelo y hundí el rostro en el barro, desesperada. La lluvia arreciaba, calándome los huesos. Hubiera querido dejarme morir allí, pero mi cuerpo reaccionó y me puse nuevamente en pie.

La luz seguía brillando, opaca, pero alumbraba. Me arrastré penosamente hacia ella por un sendero que conducía a mi meta. El resplandor venía de una loma, entre un grupo de árboles, abetos según me pareció de lo poco que se podía vislumbrar. De pronto se hizo la oscuridad. Extendí la mano para palpar la oscura masa que tenía delante de mí. Toqué las piedras de una pared baja; seguí caminando a tientas, hasta que toqué el pestillo de alguna puerta. La empujé. A ambos lados se erguían los abetos. A poco andar vi delante de mí una casa, negra, baja y bastante larga, pero no se veía luz. ¿Se habrían retirado a dormir sus moradores? Buscando la puerta doblé una esquina y allí reapareció la luz amiga, procedente de una ventana pequeña casi tapada por la profusión de plantas trepadoras. Me asomé y pude ver claramente el interior: una habitación de suelo de arena, muy limpio, muebles sencillos, un aparador donde se apilaba la vajilla de estaño, un reloj, un candelabro, cuya luz había sido mi faro, y varias sillas. Una mujer mayor sentada a una mesa tejía un calcetín.

Junto a la chimenea había otro grupo: dos muchachas muy distinguidas estaban sentadas en unas mecedoras; a sus pies un viejo perro perdiguero descansaba la cabeza sobre las rodillas de una de ellas, y en el regazo de la otra dormía un gato negro.

Esta humilde cocina resultaba un extraño lugar para semejantes ocupantes. ¿Quiénes eran? No podían ser las hijas de la mujer sentada a la mesa, pues ésta tenía un aspecto muy rústico. Las muchachas tenían cada una un libro en la mano y leían en voz alta algunas frases en alemán. Me pareció que estudiaban ese idioma.

—¿Existe algún país donde hablen de esa forma? —preguntó la mujer, alzando los ojos de su labor.

—Sí, Hannah, existe un país mucho mayor que Inglaterra donde todos hablan así.

—Pues no sé cómo se entienden. ¿Y ustedes quieren entenderlo también?

—Nosotros no sabemos hablar el alemán, pero podemos leer con ayuda del diccionario.

—¿Y para qué les sirve?

—Pretendemos enseñar ese idioma algún día y entonces tendremos más dinero del que tenemos ahora.

—Está bien, pero ahora dejen el estudio, porque han trabajado bastante ya.

—Eso creo yo también. Estoy cansada. ¿Y tú, Mary?

—Mucho. Es harto duro estudiar un idioma sin otra guía que el diccionario.

—Sobre todo con este idioma tan difícil. Ojalá llegue luego Saint John. Hannah, ¿tendrías la bondad de avivar el fuego del salón?

La mujer se levantó, abrió una puerta a través de la cual pude ver vagamente un pasillo. Entró en una habitación y luego volvió a la cocina.

—¡Ay, niñas! —dijo al entrar—. Me entristece ver esa habitación, con el sillón vacío y arrimado a un rincón.

Se enjugó las lágrimas con el delantal. Las dos muchachas también tenían una cara muy triste.

—Pero él está en un sitio mucho mejor ahora —continuó Hannah—, y muchos quisieran tener su plácido final.

—¿Dices que no mencionó nuestros nombres? —preguntó una de las señoritas.

—No tuvo tiempo, hija; vuestro padre murió instantáneamente. El día anterior no se había sentido muy bien, pero cuando el señor Saint John preguntó si quería que mandáramos a buscar a alguna de ustedes, se rió. Al otro día se fue a acostar con dolor de cabeza, y ya no despertó más. ¡Ah, niñas! Ustedes son lo único que queda de la familia. Mary, eres la viva imagen de tu madre. Y tú, Diana, te pareces más a tu padre.

Yo no veía gran diferencia entre ellas. Ambas eran de tez blanca, muy esbeltas, y de cabellos castaños. El reloj dio las diez.

—Querréis cenar ya —dijo Hannah—, y también el señor Saint John cuando llegue.

Y se dispuso a preparar la comida. Las señoritas se levantaron y salieron de la cocina. Hasta ese momento estuve tan absorta en la conversación que casi me olvidé de mi propia situación, pero ahora me sentí más desolada y triste que nunca. ¿Podría conmover a los ocupantes de esta casa para que me concedieran un lugar donde descansar? Me parecía difícil. Llamé a la puerta, vacilante. Abrió Hannah.

—¿Qué quiere usted?

—¿Puedo hablar con las señoras?

—Sería mejor que me dijera qué quiere decirles.

—Soy forastera y pido que me den cobijo por una noche, en cualquier parte, y un pedazo de pan.

Desconfianza reveló el semblante de Hannah.

—Le daré pan —dijo después de una pausa—, pero no podemos admitir vagabundos.

—Pero ¿adónde iré?

—Usted sabrá. Procure no hacer nada malo, eso es todo. Aquí tiene un penique, y ahora váyase.

—No me quedan fuerzas para caminar más. No cierre la puerta, ¡no la cierre, por el amor de Dios! Déjeme hablar con las señoritas.

—Por ningún motivo. Márchese.

—Moriré si me arroja de aquí.

—No lo creo. Si tiene compinches o algo así, dígales que no estamos solas, que tenemos un caballero que vive con nosotros, y tenemos perros y armas.

Dio un portazo y echó el cerrojo por dentro.

Me retorcí las manos llorando amargamente. Estaba desfallecida, no podía dar un paso más.

—Sólo me queda morir —murmuré, dejándome caer ante la puerta cerrada.

—Todos los hombres deben morir —dijo una voz muy cercana—, pero no todos están condenados a morir tan jóvenes de inanición, como usted.

El recién llegado golpeó la puerta.

—¿Es usted, señor Saint John? —preguntó Hannah desde adentro.

—Sí, abra en seguida.

—¡Qué empapado debe venir en una noche semejante! Entre, sus hermanas lo esperan intranquilas, y parece que ronda mala gente por aquí. Recién vino una mendiga. ¡Todavía está ahí! ¡Levántese del suelo! Le dije que se marchara.

—Está bien, Hannah. Voy a hablar con esta mujer. Usted cumplió con su deber arrojándola fuera, pero ahora déjeme cumplir con el mío admitiéndola en la casa. Creo que se trata de un caso especial. Señorita —me dijo—, póngase de pie y entre.

Creí que me iba a desmayar, pero pude entrar a la cocina, consciente de mi aspecto harapiento y sucio. Acudieron las dos jóvenes y todos me miraron fijamente.

—¿Quién es, Saint John? —oí que preguntaba una de las jóvenes.

—No lo sé. La encontré junto a la puerta.

—Está pálida como la muerte, parece que se va a caer —dijo la otra.

Me derrumbé en una silla. No podía hablar.

—Creo que está muerta de hambre —dijo el señor Saint John—, démosle leche y un poco de pan.

Diana humedeció el pan en la leche y lo llevó a mis labios; vi su rostro compasivo junto al mío.

—Intente comer —dijo Mary dulcemente, tomando mi cabeza.

Probé un poco, y luego bebí y comí con ansiedad.

—Hay que darle de a poco —dijo el hermano—. Veamos si puede hablar. ¿Cómo se llama?

Me sentí con más fuerza y respondí:

—Me llamo Jane Elliot —no quise decir mi verdadero nombre.

—¿Podemos enviar a avisar a sus parientes o amigos?

—No tengo a nadie. Señor, no puedo darle detalles esta noche.

—¿Qué quiere que hagamos por usted?

—Nada.

—¿Quiere decir que desea volver afuera, bajo la lluvia? —preguntó Diana.

Vi su rostro tan bondadoso que sentí un repentino valor.

—Confío en ustedes —dije—. Hagan conmigo lo que estimen oportuno y disculpen que no hable más largo, pero me falta la respiración cuando hablo.

Los tres me miraron en silencio.

—Hannah —dijo por fin el señor Saint John—, deje que se quede aquí y no le haga preguntas. En un rato más déle el resto de leche y pan. Diana, Mary, vamos al salón a discutir este asunto.

Se retiraron. Al poco rato volvió una de las señoritas y dio instrucciones a Hannah en voz baja.

Sentí que Hannah me ayudaba a subir una escala, me quitaba la ropa embarrada y me metía en una cama. Di gracias a Dios, experimentando una dicha inmensa en medio de mi cansancio, y me quedé dormida.

# CAPÍTULO XXIV

El recuerdo de los tres días y tres noches que siguieron es muy vago. Sabía que me encontraba en una habitación pequeña y en un lecho angosto, donde permanecía inmóvil como una piedra. No advertía el transcurrir de las horas. Distinguía a las personas que entraban, las reconocía y escuchaba sus palabras, pero no podía responder, como tampoco podía abrir los labios o moverme. Diana y Mary acudían a mi habitación una o dos veces al día. En una ocasión las oí expresarse así, mientras me miraban junto a la cama:

—Hicimos bien en admitirla.

—Sí, si la hubiéramos dejado afuera, habría amanecido muerta. ¡Qué no habrá sufrido la pobre infeliz!

—No es una persona inculta, a juzgar por su manera de expresarse. Sus ropas, aunque destrozadas y mojadas, eran de buena calidad.

—Tiene un rostro peculiar, y a pesar de lo demacrada que está me gusta.

Nunca expresaron aversión o sospecha contra mí, lo que me dio un inmenso consuelo.

El señor Saint John entró una vez y dijo que mi estado era producto de una tensión excesiva y juzgó innecesario llamar a un médico.

—Tiene un semblante poco común —dijo a sus hermanas—, que no revela vulgaridad ni degradación.

—Es cierto —dijo Diana—, y yo siento afecto por esta pobrecita. Ojalá podamos ampararla permanentemente.

—Es muy poco probable —respondió su hermano—. Ya verás que es una dama que ha tenido un problema con su familia y tal vez podamos devolverla a ella.

Me examinó por unos instantes y agregó:

—Tiene un rostro que denota sensibilidad, pero de modo alguno hermosura. No tiene gracia ni armonía.

Al cuarto día pude comer y moverme en la cama. Cuando quise levantarme vi con alegría que sobre una silla estaba mi ropa, limpia y seca. Me lavé lo mejor que pude y me vestí con un enorme esfuerzo. El vestido me quedó sumamente holgado, pues había adelgazado mucho, pero cubrí las deficiencias con el chal. Bajé la escalera afirmada de las barandillas y entré en la cocina.

Hannah estaba amasando pan. Cuando me vio llegar, limpia y arreglada, condescendió a sonreír.

—¿Levantada ya? —dijo—. Siéntese en la silla, si quiere.

Siguió con sus tareas, dándome miradas de soslayo, hasta que no pudo más y me preguntó bruscamente:

—¿Había mendigado antes de venir acá?

—No soy una mendiga.

—Pero no tiene casa ni plata, ¿verdad?

—No.

—¿Tiene instrucción?

—Sí.

—Entonces, ¿por qué no puede trabajar para mantenerse?

—Lo he hecho y confío en seguir haciéndolo. Dígame, ¿cuál es el nombre de esta casa?

—Algunos la llaman Marsh End (Término del Pantano) y otros Moor House (Casa del Páramo).

—¿Y el caballero que vive aquí se llama Saint John?

—No vive aquí, vive en la parroquia de Morton, un pueblo situado a algunas millas de aquí.

—¿Qué es?

—Es pastor.

—¿Y esta fue la casa de su padre?

—Sí, aquí vivió el señor Rivers, y todos sus antepasados.

—¿Luego él se llama Saint John Rivers?

—Sí, y sus hermanas son Diana y Mary. Su padre murió a consecuencia de un ataque hace tres semanas.

—¿No tienen madre?

—Murió hace un mes.

—¿Lleva usted mucho tiempo con la familia?

—Treinta años. Yo los crié a los tres.

—Entonces es usted una persona muy fiel y bondadosa, a pesar de que me trató de mendiga y me echó afuera.

—Lo hice por proteger a las niñas, ¡pobrecitas, sólo me tienen a mí! No piense demasiado mal de mí.

—Pienso mal porque si es buena cristiana no debe considerar la pobreza como un crimen.

—Eso mismo me dice el señor Saint John. Me arrepiento y ahora creo que usted es una persona muy decente.

—Gracias. Démonos la mano y seamos amigas —respondí.

Puso su mano enharinada sobre la mía y una mirada más cariñosa iluminó su tosca faz. Siguió con su pan y me contó la historia de la familia.

Dijo que el anciano señor Rivers era muy sencillo, pero de muy buena familia; siempre fueron gente muy distinguida, no como el señor Oliver, cuyo padre era un obrero. La madre fue toda su vida aficionada a leer, como las niñas. A los tres les gustó siempre aprender más. Desde pequeños supieron qué querían hacer: Saint John quería ser ministro de la Iglesia y las niñas querían ser institutrices. El padre perdió su dinero por culpa de alguien a quien parece que le prestó una gran suma para un negocio y que luego quebró; por eso tuvieron que salir adelante por su propio esfuerzo. Ahora, las hijas vivían en Londres o en otros lugares trabajando como institutrices y habían venido a la casa a raíz de la muerte de su padre. Pero adoraban Moor House. Los tres hermanos eran muy unidos, terminó diciendo.

Los Rivers habían salido a dar un paseo y cuando volvieron las señoritas expresaron el placer que les producía ver que yo ya me sentía recuperada como para bajar. Me trataron con gran cariño.

Saint John me saludó con una inclinación de cabeza y se dirigió al salón.

—¿Qué hace aquí? —dijo Diana, que era más autoritaria que su hermana—. Este no es su lugar. Venga al salón, aquí está demasiado caluroso por el fuego encendido para el pan.

Y me llevó de la mano hasta un sofá.

—Espérenos un poco —dijo Mary— mientras nos cambiamos ropa y volvemos a preparar el té.

El saloncito era un aposento bastante pequeño, con muebles muy sencillos, pero muy pulcro y limpio. Las sillas, pasadas de moda, estaban relucientes y la mesa de nogal brillaba como un espejo. Algunos retratos antiguos de hombres y mujeres de otras épocas adornaban las descoloridas paredes. Una alacena de puertas de cristal guardaba algunos libros. La alfombra y las cortinas se veían usadas pero bien conservadas.

Observé a Saint John sentado ante una mesa, inmóvil, leyendo un libro. Era joven, de unos 28 a 30 años, alto, esbelto, de rostro atractivo. Tenía ojos grandes y azules, con pestañas oscuras, y el pelo rubio. Pero no tenía una personalidad plácida, como podría parecer, sino que se veía en él cierta inquietud y dureza. No me dirigió la palabra ni tampoco me miró.

Cuando volvieron las hermanas, Diana me ofreció un pastelillo cocido en el horno.

—Cómaselo —me dijo—, debe tener hambre.

No se lo rechacé. Entonces el señor Rivers cerró su libro, levantó la vista y la fijó en mí.

—Tiene mucha hambre —dijo—. Es mejor que la fiebre la haya obligado a ayunar estos últimos días. Ahora ya puede comer, aunque con moderación.

—Confío en que no comeré por mucho tiempo a sus expensas, señor —fue mi respuesta abrupta y descortés.

—No —dijo fríamente—; cuando me haya indicado la residencia de sus amigos podremos escribirles y volverá a su casa.

—Debo advertirle sinceramente que eso está fuera de mi alcance, ya que carezco de amigos y de hogar.

Los tres me miraron con curiosidad.

—¿Pretende decir —dijo Saint John— que está totalmente sola?

—Así es. No tengo ningún lazo con nadie ni hay techo alguno en Inglaterra donde pueda cobijarme.

—¡Situación harto singular a su edad! ¿Es soltera?

Diana se rió.

—¡Pero si apenas tendrá diecisiete años! —exclamó.

—Pronto cumpliré diecinueve, pero no estoy casada.

Sentí que un calor sofocante me subía al rostro, porque la conversación despertó amargos recuerdos. Todos advirtieron mi turbación. Diana y Mary miraban hacia otros lados, pero el hermano insistió.

—¿Dónde residió últimamente? —preguntó.

—Eres demasiado insistente, Saint John —murmuró Mary.

Pero él se apoyó en la mesa y me siguió mirando con fijeza, exigiendo una respuesta.

—Eso es un secreto que me pertenece —repuse.

—No le haga caso —dijo Diana—, él no tiene por qué hacerle estas preguntas.

—Sin embargo, si no sé nada de su historia, no podré ayudarla, y usted necesita apoyo, ¿verdad?

—Lo necesito, señor, y busco que alguien me oriente para encontrar un trabajo para mantenerme, aunque sea de la manera más modesta.

—Dígame qué ha hecho habitualmente y qué sabe hacer.

—Señor Rivers —dije mirando abiertamente a este joven juez—, usted y sus hermanas han sido muy bondadosos conmigo y tienen derecho a mi gratitud y a mi confianza. Esta es mi historia: Soy huérfana. Mi padre fue clérigo. Él y mi madre murieron antes que yo pudiera conocerlos. Fui educada en una institución de caridad, el Hospicio Lowood, donde pasé ocho años, seis como alumna y dos como profesora. Hace cerca de un año abandoné Lowood para encargarme del puesto de institutriz particular. Obtuve un buen empleo y me sentía feliz. Me vi obligada a dejar ese lugar cuatro días antes de llegar aquí. No puedo explicar el motivo de mi marcha, sería inútil y además les parecería increíble, pero tengan la seguridad de que no he cometido nada vergonzoso. Soy muy desdichada porque la catástrofe que me alejó de esa casa fue algo muy extraño y terrible. Dejé atrás todo lo que tenía y gasté mi dinero en llegar a otra ciudad. En el coche perdí también la poca ropa que traía. Vagué por el campo, dormí dos noches sucesivas al aire libre y rondé por el pueblo, sin ser admitida bajo techo alguno. Me estaba muriendo de hambre y desesperación cuando usted, señor Rivers, me acogió en su casa. Por eso le debo agradecimiento por su caridad y comprensión.

—No la obligues a hablar más, Saint John —dijo Diana cuando callé—. Es evidente que no puede sobreponerse a su emoción. Venga a sentarse aquí, señorita Elliot.

Tuve un sobresalto involuntario al oír el alias que había dado. Lo había olvidado. El señor Rivers, a quien nada se le escapaba, lo advirtió en seguida.

—Creo recordar que cuando llegó nos dijo que se llamaba Jane Elliot, ¿o me equivoco? —preguntó.

—Sí, ese es el nombre que me parece oportuno adoptar por ahora, pero como no es mi nombre verdadero, cuando lo oigo me suena extraño.

—Ahora, déjala en paz —dijo Diana a su hermano—. Ella se quedará con nosotros el tiempo que quiera.

Pero Saint John, que llevaba algunos minutos meditando, comenzó de nuevo, imperturbable:

—Usted no desea depender de nuestra hospitalidad durante mucho tiempo, por lo que puedo observar. ¿Desea independizarse de nosotros?

—Sí, ya lo he dicho. Ayúdeme a encontrar trabajo, es todo lo que pido.

—Y por mientras se quedará con nosotros —dijo Diana.

—Se quedará —repitió Mary.

—Bien —dijo el señor Saint John con frialdad—. Si piensa así, prometo ayudarla cuándo y cómo juzgue conveniente.

Se absorbió otra vez en su libro. No tardé en retirarme, pues ya se me agotaban las fuerzas.

# CAPÍTULO XXV

Cuanto más conocía a los moradores de Moor House, más me agradaban. A los pocos días me sentí tan recuperada que podía hasta dar un corto paseo. Podía unirme a Diana y Mary en todas sus ocupaciones, conversar cuanto ellas querían y ayudarlas en lo que me permitían.

Me gustaba leer lo mismo que a ellas, en todo parecíamos tener iguales intereses y preferencias. Amaban su hogar aislado, esa casa gris, pequeña y antigua, de techo bajo y ventanas con persianas, rodeadas de flores de las especies más resistentes. Amaban los abetos inclinados por la violencia de los vientos de las montañas, que para mí también tenían un encanto especial. Les entusiasmaban los páramos vecinos a su morada, la hondonada que serpenteaba entre las orillas de helechos hasta las más agrestes colinas donde se alimentaban los rebaños de ovejas grises con sus corderitos. Ellas apreciaban el paisaje y yo podía comprender este sentimiento y compartir su fuerza. Percibía la fascinación de aquel lugar, me encantaban las ondulaciones del terreno, el matiz del musgo, la extensión del pasto salpicado de campanulas y florecillas silvestres. Todo era para ellas y para mí fuente de dulzura y deleite. El fuerte ventisquero, la suave brisa, el día apacible y el día amenazador, las horas de luz y de sombra. Aquellos lugares ejercían sobre ellas y sobre mí la misma atracción, el mismo hechizo.

Diana era el líder del trío. Era hermosa y fuerte. Me encantaba oírla hablar y desarrollar sus ideas. Se ofreció a enseñarme alemán, y acepté dichosa: a ella le gustaba enseñar y a mí aprender. Descubrieron que sabía dibujar e inmediatamente me procuraron lápices y cajas de colores. Mi habilidad, superior a la de ellas en este único punto, fue objeto de sorpresa y admiración. Mary quiso aprender a dibujar y resultó una alumna dócil y constante. Ocupadas en cosas tan entretenidas, los días y las semanas fueron pasando sin darnos cuenta.

Pero esta intimidad no se extendió al señor Rivers. Él pasaba muy poco tiempo en la casa, pues dedicaba la mayor parte del día a visitar a los enfermos y pobres de la desparramada población de su parroquia. En cuanto terminaba sus estudios, se ponía su sombrero y, acompañado de Carlo, el viejo perro de su padre, salía a cumplir su misión. Cuando sus hermanas le decían que no saliera bajo la lluvia, respondía:

—Y si permito que una ráfaga de viento o un poco de lluvia me distraigan de estas tareas fáciles, ¿qué preparación sería esta pereza para el futuro para el que me preparo?

La respuesta habitual de Diana y Mary era un suspiro apesadumbrado.

La gran barrera para una amistad entre él y yo era su naturaleza reservada. Irreprochable en su vida y costumbres, no parecía sin embargo gozar de esa serenidad mental, esa alegría interior que debería ser la recompensa de todo cristiano sincero y práctico. Dado este carácter poco comunicativo, hubo de transcurrir mucho tiempo para que tuviera yo la oportunidad de conocerlo más.

Esta se presentó cuando lo oí predicar en su iglesia de Morton. No recuerdo ninguna palabra del sermón, ni siquiera del efecto que tuvo en mí. Pero recuerdo bien el tono y el fondo.

Comenzó con calma, apaciblemente, pero era un fervor vehemente que difícilmente lograba controlar. Su lenguaje se hizo de pronto nervioso, reveló una tremenda ausencia de dulzura, con ásperas alusiones a las doctrinas calvinistas, la elección, la predestinación y la reprobación. Cuando concluyó, en vez de sentirme más sosegada, más iluminada por su discurso, experimenté una tristeza indescriptible, porque me pareció que su inspiración nacía de anhelos no saciados. Tuve la certeza de que Saint John Rivers todavía no hallaba esa paz de Dios que sobrepasa a toda comprensión. Él no la encontraba, como tampoco la encontraba yo todavía, acongojada por mi ídolo roto.

Transcurrió un mes. Diana y Mary se preparaban para abandonar Moor House y volver a la vida y ambiente tan distintos que las aguardaba en una gran ciudad del sur de Inglaterra, donde irían a trabajar como institutrices en casa de familias cuyos miembros, adinerados y altivos, las consideraban únicamente como humildes subalternas y no conocían ni trataban de conocer ninguna de sus excelentes cualidades.

El señor Saint John todavía no me decía nada del empleo que me ofreciera, lo que me tenía bastante preocupada.

Por fin una mañana, encontrándome a solas con él, me atreví a acercarme a la mesa donde estudiaba para hablarle, aunque no sabía exactamente con qué palabras hacer mi pregunta, pues siempre es difícil romper el hielo de reserva que encubren naturalezas como la suya, cuando él me liberó de la molestia, iniciando un diálogo.

—¿Tiene algo que preguntarme?

—Sí, quisiera que me dijera si sabe de algún empleo al que pudiera yo ofrecerme.

—Encontré algo para usted hace unas tres semanas —respondió—, pero como estaba tan contenta aquí con mis hermanas, y ellas aprecian tanto su compañía, preferí no decirle nada hasta que no fuera necesario. Ellas se marchan dentro de tres días y yo regresaré a la parroquia de Morton con Hannah, y cerraremos esta casa.

Aguardé algunos minutos, esperando que prosiguiera con el tema iniciado por él, pero pareció entrar en una profunda meditación y no recordar mi presencia ni el asunto que planteara. Me vi obligada a llamar su atención.

—¿Cuál es el empleo que tiene para mí, señor Rivers? Confío que aún esté disponible.

—No hay problemas, el puesto depende de mí proporcionárselo y de usted aceptarlo.

Se calló de nuevo. Me impacienté y le lancé una mirada ansiosa.

—No se ponga nerviosa por saberlo, porque no es nada muy ventajoso, señorita Elliot —dijo—. Como yo soy pobre, sólo puedo ofrecerle algo muy modesto. He descubierto que, una vez que pague las deudas de mi padre, todo el patrimonio que me resta será este caserón en ruinas, la hilera de viejos abetos y ese pedazo de tierra yerma de la entrada. El apellido Rivers es muy distinguido, pero los únicos tres descendientes de la familia son pobres. Ya ve que dos de ellos se ganan la subsistencia entre extraños, y el tercero sólo anhela el día en que la cruz de la separación de los lazos familiares caiga sobre sus hombros, cuando esa iglesia entre cuyos miembros soy el más humilde, diga la palabra: "¡Levántate y sígueme!"

Dijo estas palabras con el mismo tono en que decía sus sermones, con voz firme y profunda y con una mirada centelleante. Suspiró y reanudó su explicación:

—Lo que tengo para ofrecerle es pobre e insignificante, como yo, y tal vez usted, que ha llevado una vida refinada, lo encuentre degradante. Sus gustos son elevados y ha vivido entre gente educada, pero yo considero que el servicio que puede mejorar a nuestros semejantes no degrada, al revés, es un alto honor.

—¿Y bien? —dije, cuando hizo una nueva pausa.

—Creo que aceptará el puesto que le ofrezco y que lo conservará por un tiempo, ya que yo tampoco he de ejercer siempre mi ministerio en este lugar tranquilo.

—Explíquese —dije cuando enmudeció otra vez.

—Así lo haré y ya verá cuán pobre es mi proposición. Abandonaré Morton dentro de algunos meses, pero entretanto me esforzaré al máximo para mejorarlo.

Cuando llegué, hace dos años, no había escuela. Fundé una para muchachos y ahora pretendo abrir una para muchachas. Con este propósito he arrendado una casa que tiene dos habitaciones para alojamiento de la profesora. Su salario será de treinta libras al año; la casa ya está amueblada, en forma muy sencilla, pero con lo suficiente gracias a la generosidad de la señorita Oliver, la hija de uno de mis feligreses más ricos, el señor Oliver, dueño de la fábrica de agujas y de una fundición. La señorita Oliver también corre con el gasto de una huérfana del hospicio que ayudará a la profesora en las tareas de la casa y de la escuela, ya que su labor de enseñanza le impedirá disponer de tiempo para realizarlas ella misma. ¿Quiere ser esa profesora?

Planteó la pregunta apresuradamente, como si temiera una negativa indignada de mi parte. Realmente era humilde, pero significaba justo lo que yo necesitaba, un lugar donde vivir y un trabajo independiente, pues ahora me aterraba la idea de servir como institutriz en casa de extraños. Me decidí.

—Agradezco su proposición, señor Rivers —respondí—, y la acepto de todo corazón.

—Pero —dijo— es una escuela rural, sus alumnas serán simplemente niñas pobres; todo lo que les podrá enseñar será a leer y escribir y a hacer calceta. ¿Sabe a qué se compromete?

—Sí, lo sé.

Sonrió, contento y muy agradecido.

—¿Cuándo puede empezar a trabajar?

—Mañana iré a mi casa y abriré la escuela la próxima semana, si a usted le parece bien.

—Me parece perfecto.

Se levantó y cruzó la pieza. Me miró de nuevo, moviendo la cabeza.

—¿Pasa algo, señor Rivers?

—No creo que usted permanezca mucho tiempo en Morton. Lo leo en sus ojos, usted no es de las que aceptan una vida insignificante.

—No soy ambiciosa.

—¿No lo es? Pues yo sí, y creo que usted también. Yo no puedo ser feliz viviendo aquí sepultado entre montañas, sintiendo que mis facultades privilegiadas están paralizadas, estériles. Mire como me contradigo. Yo, que predico la resignación a un grupo de gente humilde, casi enloquezco de inquietud. Bueno, ha de haber un medio de conciliar las tendencias con los principios.

Abandonó la habitación. En esa breve hora supe más de él que durante todo el mes anterior.

Diana y Mary Rivers estaban cada día más tristes por el hecho de tener que dejar su casa y separarse de su hermano, tal vez para siempre. Ambas fingían que todo era natural, pero no podían esconder su pena.

—Saint John lo sacrificará todo a sus planes tanto tiempo soñados —dijo Diana—; es capaz de sacrificar el cariño natural y los sentimientos más fuertes. Aparenta tener un temperamento apacible, pero oculta un volcán en su interior. Sé que su resolución es irrevocable y no permitirá que nadie lo disuada de su severa determinación. A pesar de que es muy justa, digna y cristiana, me destroza el corazón.

Las lágrimas asomaron a sus ojos.

—No tenemos padres y dentro de poco no tendremos hogar ni hermano —murmuró desolada Mary.

En ese momento entró Saint John con una carta en la mano.

—Ha muerto el tío John —dijo.

Diana y Mary miraron a su hermano sorprendidas, pero sin mayor impresión ni menos aflicción.·

—¿Y bien? —dijo Diana.

—¿Y bien? —repitió él—. Nada, lee.

Ella leyó y pasó la carta a Mary, que leyó en silencio y la devolvió a su hermano. Los tres se miraron entre sí y sonrieron, con una sonrisa triste y melancólica.

—Al fin y al cabo, esto no empeora nuestra situación —observó Mary.

—Sólo nos recuerda lo que pudo haber sido —comentó su hermano.

Diana se volvió hacia mí.

—Jane, nuestras actitudes te pueden parecer misteriosas —dijo—, y nos creerás crueles por no sentir pena ante la muerte de un pariente, pero lo que pasa es que jamás lo hemos visto. Era hermano de mi madre. Mi padre y él se pelearon hace ya mucho tiempo. Aconsejado por él, mi padre arriesgó la mayor parte de sus bienes en un negocio que causó su ruina. Se separaron enojados y nunca más se vieron. Al

parecer él hizo una fortuna de veinte mil libras. No
se casó y no tenía otros parientes fuera de nosotros.
Mi padre siempre pensó que remediaría su error de-
jándonos sus bienes, pero esta carta nos hace saber
que ha donado hasta el último céntimo a otro familiar, a excepción de treinta guineas que han de repar-
tirse entre Saint John, Mary y Diana Rivers. Desde luego
que le asiste el derecho de hacer lo que quiera, pero
da cierta desazón recibir semejantes noticias. Mary y
yo nos hubiéramos considerado ricas con poder disponer de mil libras cada una, y Saint John podría haber hecho tanto bien con esa suma.

Y no se habló más del tema.

Al día siguiente abandoné Moor House para dirigirme a Morton. Un día después, Diana y Mary salieron hacia la ciudad donde iban a trabajar. Una semana
más tarde, el señor Rivers y Hannah regresaron a la parroquia y de esta manera el viejo caserón quedó vacío.

# CAPÍTULO XXVI

Así pues, mi hogar —cuando por fin encontraba un hogar— era una habitación pequeña, de paredes pintadas a la cal y suelo de tierra. Había cuatro sillas y una mesa, un reloj, una alacena con un juego de loza fina. Arriba, un dormitorio de igual tamaño que la cocina, con una cómoda pequeña, pero que basta para contener mi escaso vestuario, aunque la bondad de mis generosas amigas lo ha ampliado con lo más imprescindible.

A la mañana siguiente abrí la escuela del pueblo. Asistieron veinte alumnas, de las cuales sólo tres sabían leer, y todas hablaban con un acento que me hacía difícil entenderles. Pero había en ellas gérmenes de inteligencia y buenos sentimientos y sentí que mi deber era desarrollarlos al máximo. Pensé que seguramente hallaría cierta felicidad en el desempeño del cargo. La vida que se abría ante mí no me ofrecía mucho goce, sin embargo, me daría el suficiente coraje para seguir viviendo.

En esas primeras horas que pasé en la sala de clase, me sentí desmayar ante la ignorancia y la miseria de cuanto vi y oí en torno mío. Pero lucharía por superar estos sentimientos y esperaba que en poco tiempo estarían vencidos.

Entretanto no podía dejar de pensar: "¿Qué es mejor: haber cedido a la tentación sin hacer ningún esfuerzo, sin luchar y hallarme en estos momentos en Francia, como amante del señor Rochester, cuyo amor terminaría cualquier día; o ser una maestrita rural, libre y honesta, en un rincón entre las montañas?" ¡Dios me había guiado para hacer la elección justa, y daba gracias a su Providencia por no haberme abandonado! Sabía que jamás volvería a recibir el dulce homenaje que el amor del señor Rochester me rendía. Sabía que él me amaba y se enorgullecía de mí y estaba segura de que no habría otro hombre que sintiera lo mismo por mí. Pero comprendía que había hecho bien al apoyarme en el principio y la ley, sofocando los locos impulsos de mi corazón.

Cuando alcancé este punto en mis meditaciones, me levanté y contemplé el fin del día en los campos tranquilos que se extendían ante mi vivienda. Mientras miraba me creía feliz y me sorprendió descubrir que estaba llorando. ¿Por qué lloraba? ¿Porque el destino me había arrebatado del lado de mi amor, de mi señor a quien no iba a ver ya nunca más? ¿Por él lloraba, porque tal vez en esos momentos las consecuencias de mi marcha lo llevaran muy lejos? Escondí la cara contra el marco de piedra de la puerta y sollocé desconsolada. Pero en ese instante vi que por el portillo que separaba mi diminuto jardín del prado pasaba Carlo y detrás entraba Saint John. Me miró con el ceño fruncido y la mirada seria, casi desagradable. Lo invité a pasar a la casa.

—No, no puedo quedarme —respondió—. Sólo vine a traerle un paquete que dejaron mis hermanas para usted. Creo que contiene una caja de colores, lápices y papel.

Me adelanté a recibirlo; era un grato regalo. Él examinó mi rostro y seguramente se fijó en las huellas de las lágrimas.

—¿Ha sido muy duro su primer día de trabajo?

—No, por el contrario, estoy muy contenta.

—Pero, tal vez la cabaña, los muebles, todo es muy modesto y...

Lo interrumpí:

—Mi cabaña es limpia y resistente, mi mobiliario es cómodo y suficiente. Todo lo que veo me hace sentir agradecida, No soy de las que suspiran por la falta de una alfombra o unas bandejas de plata. Además, hace cinco semanas yo era una mendiga, una vagabunda. Ahora tengo amigos, un hogar, una ocupación. Me parece prodigiosa la bondad de Dios, la generosidad de ustedes, la suerte que he tenido. ¿Cómo podría quejarme?

—Excelente. Espero que realmente sea feliz, como dice. Ignoro qué dejó antes de conocerla, pero le aconsejo que resista a toda tentación que la lleve a dirigir la mirada atrás.

—Es lo que pretendo hacer —contesté.

—Es duro controlar las inclinaciones —continuó—, pero puede lograrse, lo sé por experiencia propia. En cierta medida, Dios nos ha dado el poder de hacernos nuestro propio destino, y cuando nuestra voluntad tiende impetuosa hacia un camino que tal vez no debemos seguir, y cuando parece que nuestras fuerzas flaquean, tenemos que buscar otro alimento para el espíritu, tan fuerte como el alimento prohibido que

ansiábamos saborear. Hace un año me sentí terrible-
mente desgraciado porque pensé haber cometido un
error al abrazar la carrera religiosa, porque sus monó-
tonas obligaciones me aburrían. Pues debajo de mi
exterior espiritual, señorita Elliot, latía un corazón co-
dicioso del poder y la gloria. Creí que debía cambiar
de vida o morir. Pero después de un período de oscuridad y lucha, se hizo la luz: Dios tenía una misión
que encomendarme para la cual se requerían diferentes cualidades. Decidí ser misionero y me sentí libera-
do de toda atadura. Desde luego, mi padre se opuso
a mi resolución, pero después de su muerte no hay
ya ningún obstáculo legal. Una vez que arregle los
asuntos pendientes, encuentre un sucesor en Morton
y rompa algunos lazos sentimentales, saldré para Europa rumbo a Oriente.

Cuando terminó de hablar, con su peculiar tono
categórico, no me miró a mí sino a la puesta de sol,
que yo también contemplaba.

Nos sobresaltó oír a nuestro lado una voz alegre
que decía:

—Buenas tardes, señor Rivers. Carlo me vio antes que usted y ya me saluda moviendo la cola.

El señor Rivers estaba turbado como si un rayo
hubiera caído sobre su cabeza. Se dio vuelta lentamente para enfrentar a la persona que había aparecido a
su lado, una joven de una belleza increíble. La miré
con admiracion y me pregunté qué pensaría Saint John
Rivers de ella.

—Es una linda tarde —dijo éste, mirando al suelo.

—Papá me dijo que ya había abierto la escuela y que había llegado la nueva maestra. ¿Es ella?

—Sí.

—¿Está contenta aquí? —me preguntó.

—Sí, mucho.

—¿Le gustaron las alumnas? ¿Le gusta la casa?

—Sí, todo está muy bien.

—¿Elegí bien a su ayudante, Alice Wood?

—Desde luego, es muy dócil y diligente.

¡Así pues, ésta era la señorita Oliver, la heredera!

—Subiré algunas tardes a ayudarla en su tarea —me dijo y luego se volvió al señor Rivers—. No sabe cuánto me he divertido en mi reciente viaje. La noche pasada bailé hasta las dos de la madrugada. Hay un regimiento en la localidad donde estuve y los oficiales son los hombres más encantadores del mundo; hacen avergonzar a todos nuestros jóvenes afiladores de tijeras y comerciantes.

El señor Rivers alzó la vista a estas palabras y la miró. Era una mirada seca y acusadora. Ella respondió con una carcajada.

—Papá se queja de que no viene nunca a visitarnos ahora. ¿Quiere venir conmigo? ¡Venga! ¿Por qué es tan tímido y tan sombrío?

—Esta noche no, señorita Rosamond —respondió él haciendo un esfuerzo.

Ella le tendió la mano, que él apenas rozó.

—¿Se siente bien? —preguntó la señorita Oliver.

Tenía razón de hacer esa pregunta, porque el rostro de Saint John estaba lívido.

—Perfectamente —dijo.

Ella se alejó, y él tomó el camino contrario a paso firme.

Este espectáculo del padecimiento y sacrificio ajenos evitó que me dedicara exclusivamente a mis pensamientos. Diana había definido una vez a su hermano diciendo que era "inexorable como la muerte". No había exagerado.

# CAPÍTULO XXVII

Al principio el trabajo en la escuela rural fue realmente duro. Transcurrió algún tiempo antes de poder comprender, con inmenso esfuerzo, a mis alumnas y su temperamento.

Creí que eran todas iguales, torpes e ignorantes, pero poco a poco logré conocerlas y ellas me conocieron a mí y vi con asombro que esas muchachas rústicas se transformaban en seres de bastante inteligencia, agradables y amables. No tardaron en considerar un placer cumplir con sus lecciones y adquirir buenos modales. Empecé a sentir cariño por ellas y ellas a su vez me apreciaron. Sus padres, la mayoría granjeros, me colmaban de atenciones. Fue una alegría para mí aceptar su sencilla bondad y verificar que era querida en aquellos contornos.

Una tarde en que comenzaba a nevar y yo me preparaba para pasar una velada tranquila leyendo un libro de poemas, llegó el señor Rivers a visitarme. Se sacudió la nieve de las botas y me pidió disculpas por ensuciar el piso.

—¿Hay malas noticias? —pregunté.

—Me ha sido muy difícil llegar hasta aquí —dijo sin hacer caso de mi pregunta—, hubo momentos en que me hundí hasta la cintura; por fortuna, la nieve es blanda todavía.

—Pero, ¿a qué ha venido? —dije sin poder contenerme.

—Es una pregunta bien poco hospitalaria para planteársela a un visitante —repuso—, pero le contestaré que vine simplemente para tener una breve charla con usted. Estaba muy solo en medio de mis libros. Además, desde ayer me siento como una persona a quien le han contado la primera parte de una historia y espera impaciente conocer la segunda. Vine por esa segunda parte.

Se sentó junto a la chimenea y pareció perderse en sus pensamientos. Recordé su conducta de días atrás y empecé a tener dudas de que estuviera en sus cabales. Pero si estaba loco, era una locura muy apacible. Nunca lo había visto tan tranquilo. Aguardé, esperando a que dijera algo que yo pudiera comprender, pero siguió en silencio. Lo vi tan pálido que sentí pena por él, acaso inmerecidamente.

—Me gustaría que Diana y Mary vinieran a vivir con usted —le dije—. No es bueno que esté tan solo, me parece que no cuida bien su salud.

—Nada de eso —repuso—, me cuido lo necesario. ¿Qué me encuentra?

Lo dijo con tal indiferencia, que enmudecí. Él siguió ensimismado en sus sueños. "Bien —reflexioné—, si no quiere hablar, por mí es igual. Seguiré leyendo mi libro."

Y así lo hice. Entonces él sacó de sus bolsillos una carta que leyó en silencio, después la dobló, la volvió a su sitio, y se sumió en honda meditación. Era inútil leer poemas con semejante ser incomprensible frente a mí.

—¿Ha sabido de Diana y Mary últimamente? —dije por decir algo.

—No.

—¿Ha habido algún cambio en sus planes? ¿Deberá dejar Inglaterra antes de lo que esperaba?

—No. Sería una suerte demasiado grande, a la que no estoy habituado.

En vista de mi fracaso, cambié de tema. Le hablé de la escuela, de la Navidad que se aproximaba. Pero no hubo mayor eco.

El reloj dio las ocho. Entonces, se sentó muy erguido y me dijo:

—Deje su libro un momento y acérquese al fuego.

Obedecí bastante extrañada por su conducta.

—Hace un rato me referí a la impaciencia que sentía por saber la continuación de una historia. Después de reflexionar, estimo que es preferible que yo asuma la parte del narrador y usted la del oyente. Antes de comenzar le advertiré que el relato le parecerá algo muy alejado de la actualidad, pero a veces antiguas circunstancias recobran novedad cuando pasan por nuevos labios. Por lo demás, viejo o moderno, es un relato breve. Hace veinte años, un pobre sacerdote —no viene al caso su nombre— se enamoró de la hija de un hombre rico; ella se enamoró de él y se casaron contra los consejos de sus parientes, quienes la desheredaron inmediatamente. Apenas habían transcurrido dos años cuando la pareja murió, y fueron enterrados en una misma sepultura (yo la he visitado). Dejaron una hija recién nacida que fue acogida por una institución de caridad. Esta institución llevó a la pobrecita a la casa de sus parientes ricos. La educó una tía llamada señora Reed, de Gateshead. Se turba usted, ¿oyó algún ruido? Ha de ser alguna rata, no tenga miedo. Bueno, esta señora Reed cuidó de la huérfana durante diez años, No puedo decirle si la niña fue feliz o no en esa casa, pero al término de ese plazo la tía la mandó a un lugar que usted conoce, la Escuela Lowood. Al parecer su conducta fue allí impecable; de alumna ascendió a profesora —como usted, es sorprendente la similitud de estas dos historias—, puesto que abandonó para convertirse en institutriz. Se encargó de la educación de la pupila de un tal señor Rochester.

—¡Señor Rivers! —interrumpí.

—Adivino sus sentimientos —dijo—, pero conténgalos por unos minutos, casi he terminado. No conozco al señor Rochester, pero el hecho de que ofreciera casarse con esta joven y que ante el altar ella descubriera que tenía una esposa que aún vivía, demuestra que se trata de un lunático. La institutriz abandonó Thornfield Hall durante esa misma noche. Registraron toda la región sin poder encontrarla, se pusieron avisos en los periódicos, pero nunca hubo respuesta. Yo mismo recibí una carta de un abogado Briggs, que me comunica estas circunstancias. ¿No es una historia extraña?

—Dígame una sola cosa —dije—, usted que sabe tanto. ¿Cómo está el señor Rochester? ¿Dónde está?

—No sé nada de él, la carta no lo menciona, salvo con referencia al propósito ilegal que cité. Sería más lógico que usted me preguntara el nombre de la institutriz y por qué el abogado la busca.

—Luego, ¿nadie fue a Thornfield Hall? ¿Nadie vio al señor Rochester?

—Supongo que no.

—¿Le escribieron?

—Naturalmente.

—¿Y qué dijo? ¿Quién tiene sus cartas?

—El señor Briggs dice que la respuesta provenía de una señora llamada Alice Fairfax.

Me sentí morir. Se confirmaban mis peores temores: con toda seguridad había salido de Inglaterra para buscar refugio a su desesperación. ¿Qué narcótico buscaría en el continente? ¡Mi pobre señor!

—Debió ser un mal hombre —dijo el señor Rivers.

—Usted no lo conoce, no opine sobre él —dije furiosa.

—Está bien —respondió con toda calma—. En realidad hay otra cosa que me interesa más. He de terminar mi historia.

Sacó algo del bolsillo y me lo pasó. Era un pedazo de papel de dibujo. Por las manchas de pintura me di cuenta que era parte de alguno de mis dibujos, que inadvertidamente firmé "Jane Eyre".

—El abogado me escribió citando a una tal Jane Eyre —dijo el señor Rivers—, que era el nombre mencionado en los avisos. Yo conocía a Jane Elliot. Confieso que algo sospechaba, pero hasta ayer no vi confirmadas mis suposiciones. ¿Acepta que ese es su verdadero apellido?

—Sí, sí, pero, ¿dónde está el señor Briggs? Tal vez él sepa algo del señor Rochester.

—Briggs está en Londres. Dudo que tenga noticias de Rochester, no está interesado en él. ¿No pregunta por qué la buscaba Briggs? ¡Usted descuida los puntos importantes de la historia para perseguir naderías!

—Y bien, ¿qué quería?

—Simplemente decirle que su tío, el señor Eyre, de Madeira, ha muerto, y que la ha nombrado heredera universal y que ahora usted es rica. Sólo eso, nada más.

—¡Yo! ¡Yo, rica!

—Sí, usted es rica.

Siguió un silencio.

—Naturalmente, ha de probar su identidad —prosiguió Saint John—, y entonces entrará en inmediata posesión de esos bienes. Briggs tiene el testamento y todos los documentos.

Así que era rica. Y que mi único pariente había fallecido. Es maravilloso verse de pronto sacada de la indigencia y trasladada a la opulencia, pero no es algo que se goce de inmediato. Existen en la vida felicidades mucho más verdaderas y eso no se olvida. No empieza uno a dar brincos y a gritar porque ha heredado una fortuna. Uno solo medita con mucha seriedad. Además, estaba la pérdida de mi único familiar. Siempre acaricié la ilusión de verlo algún día. Pensé que su herencia era un gran regalo y sin embargo, no sé por qué, sentí pena.

—¿No me pregunta cuánto vale usted ahora?

—¿Cuánto valgo?

—La insignificancia de veinte mil libras.

—¿Veinte mil libras?

Esta era una nueva sorpresa. Cuando me habló de herencia, pensé en unas cuatro o cinco mil libras. El señor Rivers se echó a reír, por primera vez desde que lo conocía.

—Tiene un aspecto tan asustado, como si hubiera cometido un crimen, que me aflige dejarla sola esta noche. Pero Hannah no podría cruzar en medio de la nieve. Por consiguiente, he de abandonarla a sus tristes pensamientos. Buenas noches.

Cuando alzaba la aldaba, se me ocurrió una idea.

—Me intriga —le dije— que el señor Briggs le escribiera a usted. ¿Por qué tenía usted que saber mi paradero?

—Porque soy sacerdote y siempre a los sacerdotes nos piden cosas raras.

—No me satisface esa razón —dije.

—Se lo explicaré en otra ocasión.

—No, ¡esta noche!

Y cuando se disponía a salir, me interpuse entre la puerta y él. Demostró gran turbación.

—Preferiría que lo supiera por Diana o por Mary.

—Usted no sale de aquí sin darme esa explicación.

—Ya le expliqué que soy un hombre duro —dijo—, difícil de persuadir.

—Y yo soy una mujer tenaz que no ceja nunca en su empeño.

—Yo soy frío, nada me mueve.

—Pero yo soy ardiente y el fuego disuelve el hielo. Si espera verse perdonado alguna vez por el crimen de ensuciar mi cocina, dígame lo que quiero saber.

—Bien, me rindo —dijo—. ¿No sabe que yo llevo su mismo apellido? A mí me bautizaron con los nombres Saint John Eyre Rivers. El nombre de mi madre era Eyre. Ella tenía dos hermanos, uno sacerdote que se casó con la señorita Jane Reed de Gateshead; el otro John Eyre, residente en Madeira. El señor Briggs, que era el abogado del señor Eyre, nos escribió en agosto último para informarnos de la muerte de nuestro tío y de que había dejado sus bienes a la hija huérfana de su hermano el sacerdote, excluyéndonos a nosotros a causa de una pelea que sostuvieron él y mi padre. Me escribió por si nosotros sabíamos algo de la heredera, que estaba desaparecida. Usted conoce el resto.

Hizo ademán de marcharse, pero me apoyé contra la puerta.

—Déjeme recobrar el aliento y reflexionar un poco —dije—. ¿De modo que su madre era mi tía, y mi tío John es su tío John? ¿Diana, Mary, y usted son hijos de la hermana de mi padre?

—Sí.

—Por lo tanto, ustedes tres son mis primos. La mitad de nuestra sangre proviene de la misma fuente.

—Así es.

Lo miré. Me parecía haber encontrado un hermano del que podía sentirme orgullosa, a quien podía amar. Y dos hermanas a quienes ya quería mucho. Las dos muchachas a las que conocí cuando miré a través de la cocina de Moor House, eran mis primas hermanas. Y el joven y rígido caballero que me encontró moribunda en el umbral de su puerta, era de mi misma sangre. ¡Qué maravilloso descubrimiento para una infeliz solitaria! La familia que me recibió en su casa cuando me moría de hambre era mi familia. ¡Eso sí que era una verdadera fortuna! Me sentí dichosa.

—¡Soy tan feliz! —grité.

Saint John sonrió.

—¿No le dije que estaba descuidando lo importante?

—Acaso no sea importante para usted que tiene dos hermanas, pero para mí que no tenía a nadie, tener ahora tres primos, me emociona, ¡repito que soy feliz!

Caminé por la habitación, y de pronto me detuve, sofocada. Ahora podría beneficiar a los que me habían salvado la vida. Estaban separados, yo los reuniría. Eran pobres, yo les daría la independencia económica. Mi fortuna también sería de ellos. ¿No éramos cuatro? Veinte mil libras en partes iguales dan cinco mil para cada uno. Se haría justicia y quedaría asegurada nuestra tranquilidad.

No sé qué aspecto tendría yo mientras tales ideas asaltaban mi espíritu, pero no tardé en advertir que el señor Rivers había colocado una silla junto a mí y trataba suavemente de hacerme sentar en ella. Me acon-

sejó apaciguarme, pero no le hice caso y seguí mis
frenéticos paseos.

—Escriba mañana mismo a Diana y a Mary
—dije— y dígales que vengan en seguida. Diana
dijo que con mil libras se considerarían ricas; con
cinco mil se arreglarán perfectamente. ¿Y usted? ¿Se
quedará entonces en Inglaterra y se casará con la
señorita Oliver?

—Delira, su cabeza no coordina sus ideas. Le he
dado la noticia con demasiada brusquedad y no ha
podido superar la emoción que le ha producido.

—¡Señor Rivers! Es usted el que me impacienta.
Yo me porto muy juiciosamente, es usted el que no
entiende nada, o pretende no entender.

—Tal vez si se explica con mayor claridad, yo podría comprender mejor.

—¡Explicar! No hay nada que explicar. ¿No ve claramente que veinte mil libras divididas entre el sobri-
no y las tres sobrinas de nuestro tío dan cinco mil por
persona? Lo que quiero es que sus hermanas sepan
que han heredado una fortuna.

—Usted es la que ha heredado.

—Ya tomé una resolución. No soy injusta ni egoísta. Además quiero tener hogar y familia. Me gusta Moor
House y viviré en Moor House. Me gustan Mary y Diana
y uniré mi vida a la de ellas. Me encanta tener cinco
mil libras, pero me atormentaría tener veinte mil. Les
dejo, pues, lo que me sobra. Y por favor no discuta-
mos más, lleguemos a un acuerdo entre nosotros y re-
solvamos inmediatamente.

—Eso sería obrar impulsivamente. Debe tomarse algunos días para reflexionar.

—¿No lo encuentra justo? Para mí es devolver en parte un gran favor recibido y nada menos que a mi propia familia. Usted no sabe lo que es para mí, que nunca tuve hogar, ni hermanos.

—Jane, nosotros seremos hermanos para usted sin necesidad de que usted sacrifique lo que es su justo derecho

—¿Qué sacaría yo con estar forrada en dinero si ustedes no tienen un céntimo y sus hermanas tienen que trabajar entre extraños?

—Pero, Jane, sus anhelos de tener familia se pueden realizar de otra manera, sin despojarse de lo que le corresponde. Yo siempre seré un hermano para usted, lo mismo que Diana y Mary.

—Diga otra vez que será mi hermano, eso me hace feliz.

—Sí, seré su hermano. Quiero mucho a Diana y a Mary y usted es muy parecida a ellas. Siento que es fácil y natural considerarla en mi corazón como a mi hermana menor.

—Gracias, eso me hace feliz por esta noche. Y ahora, váyase, para que no saque a luz nuevos escrúpulos.

—¿Y la escuela, señorita Eyre? Supongo que debemos cerrarla.

—No. Seguiré en mi puesto hasta encontrar una substituta.

Sonrió, nos estrechamos las manos, y partió.

No hay necesidad de narrar todas las luchas que hube de dar para hacer lo que quería, pero finalmente mis primos se convencieron de mi firme propósito y reconocieron que ellos en mi lugar habrían hecho lo mismo. Se realizaron los trámites de la transferencia y Saint John, Diana, Mary y yo entramos en posesión de nuestra herencia.

# CAPÍTULO XXVIII

Se acercaba ya Navidad, y Diana y Mary habían anunciado su próxima llegada.

Cerré la escuela de Morton. Me despedí con verdadero cariño de mis setenta alumnas y les prometí visitarlas una vez por semana para darles una hora de lección. Cuando nos separamos, me confirmaron el hondo cariño que habían llegado a tenerme. Manifestaron este cariño de modo simple y firme, como lo hace la gente sencilla. Sentí una honda gratitud al descubrir que realmente ocupaba un lugar en sus corazones. También yo me había encariñado con ellas.

Se presentó Saint John cuando ya había cerrado la puerta de la escuela y conversaba con las últimas alumnas que quedaban.

Cuando ellas se fueron, me dijo:

—¿Considera haber recibido su recompensa por una temporada de esfuerzo? ¿Le complace saber que ha hecho un bien efectivo a estas setenta niñas?

—Por supuesto.

—¡Y sólo ha trabajado algunos meses! ¿No sería maravillosa una vida dedicada a la tarea de regenerar a sus semejantes?

—Sí —repuse—, quiero gozar de mis capacidades a la vez que cultivar las de los demás. He dejado la escuela y ahora estoy dispuesta a disfrutar de la fiesta completa.

Me miró extrañado.

—¿Qué quiere decir? ¿Qué va a hacer ahora?

—Voy a desplegar toda mi actividad. Y en primer lugar quería pedirle si puede dispensar a Hannah de sus deberes y buscar a otra persona que lo atienda.

—¿La quiere para usted?

—Sí, para que me acompañe a Moor House. Diana y Mary llegarán dentro de una semana y quiero tenerlo todo en orden antes de su arribo.

—Sí, por supuesto, Hannah irá con usted.

—Dígale que esté lista para mañana. Aquí tiene la llave de la escuela. Mañana le entregaré la llave de mi cabaña.

—La abandona con mucha alegría —dijo—. No entiendo que esté tan alegre, porque no sé qué perspectiva tiene en mente. ¿Qué ambición tiene ahora en la vida?

—Mi primera finalidad será limpiar Moor House de arriba abajo. La siguiente, barnizarla, encerarla, sacar brillo; la tercera arreglar cada silla, cada mesa, cama, alfombra, cortina. Después mantener fuegos acogedores en cada habitación; y finalmente, los últimos dos días antes de la llegada de sus hermanas, nos dedicaremos con Hannah a batir huevos y hacer todas las cosas ricas que se hacen en Navidad. Quiero tenerlo todo listo para el próximo jueves y sólo anhelo dar a Diana y a Mary un magnífico recibimiento.

Saint John sonrió levemente.

—Pero después de que pase este arrebato de actividad, le ruego que no se vuelva holgazana en las cosas más elevadas.

—Al revés, pienso estar muy ocupada.

—Lo que importa es que saque provecho de las cualidades que Dios le ha encomendado y de las que habrá de pedirle cuentas un día. No se aferre tan tenazmente a los lazos carnales, reserve su constancia y ardor para una causa adecuada y no los malgaste en objetos triviales. ¿Me comprende, Jane?

—Igual que si me hablara en griego. Siento que tengo una causa adecuada para sentirme feliz y lo seré. ¡Adiós!

Y fui feliz en Moor House trabajando arduamente con Hannah. Mis primos me dieron carta blanca para hacer los cambios que se me antojaran, y yo contaba con cierta cantidad de dinero para llevarlos a cabo. Las salitas y los dormitorios los dejé tal como eran, porque sabía que a ellos les gustaría volver a verlos como siempre fueron. En el resto de la casa sí que cambié cosas: alfombras y cortinas nuevas, nuevos papeles en las murallas y nuevos tapices en los muebles. Cuando terminaron todos los preparativos, Moor House me pareció la verdadera imagen de la comodidad.

Por fin llegó el jueves. Hannah y yo esperábamos a los primos con los fuegos de las chimeneas encendidos.

En primer lugar llegó Saint John, que entró derecho a la cocina, donde se estaban preparando algunos pasteles para el té. Con cierta dificultad logré que me acompañara a recorrer la casa. Sólo se limitó a observar en silencio y al final dijo que le parecía que yo me había tomado demasiadas molestias en hacer tantos arreglos. Ni una sola palabra que indicara que le gustaba el nuevo aspecto de su hogar.

Este silencio me desalentó. Pensé que tal vez había destruido algo que era recuerdo para él, y se lo pregunté preocupada. Respondió que, por el contrario, había observado mi respeto por toda la tradición de la casa. Después se acercó al estante, tomó un libro y se sentó en su rincón habitual junto a la ventana, y comenzó a leerlo.

No me gustó su actitud. Saint John era una buena persona, pero comencé a creer que había dicho la verdad cuando se describió como frío y cruel. Me di cuenta de que él sólo vivía para su ambición, ambición de algo bueno y grande, ciertamente, pero que sin embargo lo alejaba de quienes lo rodeaban.

Cuando lo miré, vi su rostro pálido, como una piedra blanca, sus hermosas facciones fijas en el estudio, y comprendí que difícilmente sería un buen esposo, que resultaría penoso ser su mujer. Comprendí también la naturaleza de su amor por la señorita Oliver, un amor puramente sensual, tal como él lo describiera una vez que me hizo algunas confidencias muy íntimas.

"Este salón no es el ambiente que le conviene —pensé—. Su ambiente es la cordillera del Himalaya o las selvas africanas. Hace bien en elegir la carrera de misionero, ahora lo comprendo."

—¡Ya vienen! ¡Ya vienen! —gritó Hannah, abriendo la puerta del salón.

Carlo empezó a ladrar alegremente. Salí corriendo. Un vehículo se detuvo ante la casa y de él bajaron las hermanas. Al minuto siguiente estábamos abrazadas y reíamos como locas. Después de que las viajeras abrazaran a Hannah y a Carlo, entramos todos en la casa. Llegó Saint John a saludarlas y en seguida nos dijo que entráramos todas al salón, pero él se retiró.

Las hermanas recorrieron toda la casa; les encantó la decoración y aplaudieron todos los cambios que yo hiciera. A cada instante expresaban su gratitud por lo que yo había hecho por ellas.

Fue una velada muy agradable. Mis primos estaban felices de estar juntos y hablaban y reían sin cesar contándose cosas, a pesar de que Saint John conservaba su aire reservado.

La semana siguiente puso a prueba su paciencia. Fue la semana de Navidad y Diana, Mary y yo nos dedicamos a disfrutar del aire de los páramos, de la libertad de estar en el lugar, de la nueva prosperidad de que gozábamos, sobre todo mis dos primas se mostraban contentas durante todo el día. Saint John no quiso compartir nuestra alegría y salía a diario a visitar a sus feligreses enfermos y pobres en sus hogares.

Una mañana durante el desayuno Diana le preguntó si habían cambiado sus planes. Respondió que no, y que no cambiarían, y anunció que se iría de Inglaterra el año siguiente.

—¿Y Rosamond Oliver? —preguntó Mary.

—Rosamond Oliver —respondió su hermano cerrando el libro que leía— pronto se casará con el señor Granby. Ayer me dio la noticia el mismo señor Oliver.

Sus hermanas se miraron entre sí y luego a mí; las tres volvimos la mirada a él, que parecía sereno como la superficie de un espejo.

Hubiera querido hablar a solas con él y preguntarle si este hecho lo entristecía, pero no me atreví porque sentía que la distancia que nos separaba era cada vez mayor. Al recordar hasta qué punto me había dado su confianza, no era difícil comprender su presente frialdad, pues muchas veces nos arrepentimos de haber abierto nuestro corazón a alguien. Por eso me sorprendió cuando un día en que nos hallábamos solos en el salón, levantando repentinamente la cabeza del libro que leía me dijo:

—Ves, Jane, se ha librado ya la batalla y obtuve la victoria.

Me turbaron de tal manera sus palabras que no respondí en seguida. Después de un instante de vacilación, contesté:

—¿Estás seguro de que el triunfo no es demasiado caro?

—Creo que no. Además ahora tengo el camino libre, y doy gracias por ello.

Y acto seguido volvió a enfrascarse en su lectura.

A medida que nuestra felicidad (la de Diana, la de Mary y la mía) se iba sosegando y reemprendíamos nuestros hábitos acostumbrados, Saint John permanecía más tiempo en casa.

Una tarde en que tenía que ir a la escuela, decidí no hacerlo por estar sumamente resfriada. Las hermanas fueron a Morton en mi lugar y yo me quedé leyendo a Schiller, mientras mi primo examinaba unos documentos orientales. Mientras buscaba palabras en un diccionario, sentí sus ojos fijos en mí, con una mirada tan fría que me dio miedo.

—Jane, ¿qué estás haciendo?

—Estudio alemán.

—Quiero que dejes el alemán y estudies el indostaní.

—No hablas en serio, ¿verdad?

—Muy en serio, y te lo explicaré.

Dijo que él estaba estudiándolo y que sería de gran ayuda contar con una alumna con quien memorizar los textos, y me pidió que le hiciera ese gran favor. Sólo sería por tres meses.

No era un hombre a quien se pudiera contrariar fácilmente, de modo que cuando regresaron las hermanas, descubrieron que su alumna había pasado a serlo de su hermano, y se echaron a reír con ganas. Me dijeron que Saint John jamás había conseguido persuadirlas a ellas para que dieran ese paso.

Fue un maestro muy paciente, pero a la vez exigente. Gradualmente fue adquiriendo cierta influencia sobre mí, que me despojó de mi libertad de criterio. Ya no podía hablar o reír libremente cuando él andaba cerca, porque mi instinto me recordaba que a él le desagradaba el exceso de vivacidad. Caí vencida por su voluntad, cuando él decía ven, yo iba, cuando decía haz esto, lo hacía. Pero no me gustaba mi servidumbre y hubiera preferido que siguiera ignorándome.

Cierta noche, al despedirnos antes de ir a dormir, Diana exclamó:

—¡Saint John! Decías que Jane era tu tercera hermana, pero ni siquiera la besas como a nosotras para desearnos buenas noches.

Me empujó hacia él. Me sentí muy confusa, Saint John inclinó la cabeza, me miró de modo interrogador y penetrante y me besó. No hay besos de mármol o de hielo, pero hay besos experimentales, y yo diría que de ésos fue el beso de mi primo. Creo que palidecí, porque sentí como si ese beso fuera una cadena en mi libertad.

Cada día aumentaban en mí los deseos de complacerlo, pero también advertía que para lograrlo tenía que ahogar mis verdaderas inclinaciones y optar por ocupaciones por las que no sentía ninguna vocación. Él pretendía prepararme para un lugar muy elevado que nunca podría alcanzar.

Me sentía muy triste. Por un lado me esclavizaba esa personalidad poderosa, por otro, el mal de la duda penetraba mi corazón. En medio de estos cambios de ambiente y de fortuna, no podía olvidar al señor Rochester ni por un momento y me perseguía la incertidumbre acerca de su suerte. Pasaba horas en mi dormitorio, pensando en él.

Escribí a la señora Fairfax rogándole que me informara dónde se hallaba y cómo estaba su salud, segura de que recibiría pronta respuesta. Pero pasaron dos meses sin saber nada de ella y entonces fui presa de la más angustiosa ansiedad.

Escribí de nuevo, por si mi primera carta se hubiera extraviado, pero tampoco obtuve ni una línea de respuesta. Cuando transcurrieron seis meses en vana espera, mis esperanzas murieron y me sentí perdida en las tinieblas.

A mi alrededor comenzaba la primavera, llena de flores y colores, pero mi vida carecía de felicidad. Diana se inquietó por mi aspecto enfermizo y quiso llevarme con ella a la playa, pero Saint John se opuso diciendo que lo que yo necesitaba era trabajar. Prolongó mis lecciones de indostaní, y yo, como una estúpida, jamás pensé en oponerle resistencia.

Cierta mañana, la tristeza me dominaba y hasta se me salieron las lágrimas tratando de descifrar los caracteres enmarañados y las floridas frases de un escriba indio. Estaba sola con Saint John en el saloncito. De pronto me llamó para que fuera a leer junto con él. Al tratar de leer, las palabras se perdieron en sollozos. Mi primo no expresó ningún asombro ante esta demostración emocional ni quiso saber la razón; sólo dijo:

—Esperaremos unos minutos hasta que estés más sosegada.

Y mientras yo calmaba mi llanto, él se puso a observarme, como un médico que examina a un paciente.

Después de reprimir mis sollozos, enjugar las lágrimas y murmurar algo sobre que no me sentía bien esa mañana, Saint John cerró su libro y dijo:

—Ahora, vamos a dar un paseo. Quiero pasear contigo a solas.

En toda mi vida no he conocido ningún término medio entre sumisión y rebeldía cuando me toca enfrentar caracteres positivos y duros, antagónicos al mío. Comúnmente estallaba con vehemencia volcánica, pero esta vez mi ánimo no se inclinaba por la rebeldía y obedecí dócilmente a Saint John.

En diez minutos me encontraba recorriendo el camino del valle con él. Caminamos un rato y luego Saint John quiso que nos sentáramos en unas rocas junto al riachuelo. Nos rodeaba la montaña, seca y agreste. Al cabo de un rato se puso de pie y se quedó contemplando la quebrada. Parecía estar en comunicación con el genio del lugar y que con los ojos dijera adiós a algo.

—Y volveré a verlo en sueños —dijo en voz alta— cuando duerma junto al Ganges y de nuevo lo veré en mi última hora.

¡Extrañas palabras! Se sentó y quedó en silencio. Transcurrida una media hora, dijo:

—Jane, me marcho dentro de seis semanas, ya tengo mi camarote en el barco que zarpa el veinte de junio.

—Dios te protegerá, pues trabajas para Él —respondí.

—Sí, estoy tan contento que me parece extraño que todo lo que me rodea no arda en deseos de unirse en mi empresa.

—No toda la gente tiene tu vocación, Saint John. Sería necio si los débiles pretendieran marchar con tu misma fuerza.

—No hablo de los débiles. Me dirijo a quienes son dignos de este trabajo.

—Ésos son pocos y cuesta encontrarlos.

—Dices bien, pero cuando se les ha descubierto es conveniente entusiasmarlos para que cumplan su misión, murmurar en su oído el mensaje divino.

—Pero si están realmente capacitados, ¿no serán sus propios corazones los primeros en advertírselo?

Sentí que se cernía sobre mí un temible hechizo. Temblaba ante cada palabra suya.

—¿Y qué dice tu corazón? —preguntó Saint John.

—Mi corazón está callado —repliqué, sorprendida y temerosa.

—Pues yo hablaré por él —continuó con su voz monótona—. Jane, ven conmigo a la India, ven como mi auxiliar.

El valle y el cielo giraron a mi alrededor. ¡Los cielos se desmoronaban sobre mi cabeza! Era como si hubiera oído una llamada del Cielo, pero yo no era ningún apóstol, no podía recibir esa llamada.

—¡Yo no puedo! —exclamé—. ¡Ten piedad de mí!

Apelaba a quien, en el desempeño de lo que creía su deber, no sabía de piedad ni de conciencia.

—Dios te creó para ser la esposa de un misionero —prosiguió—. No tienes cualidades físicas, pero sí espirituales. Serás mi mujer. Te quiero, no para mi placer, sino para el servicio de mi Soberano.

—No tengo vocación —dije.

Lo miré. Se apoyó contra el risco, cruzó los brazos, y comprendí que estaba dispuesto a oponer una tenaz oposición y que se había provisto de gran paciencia para lograr la victoria.

—Humildad, Jane, es lo único que necesitas —dijo.

Vi tal determinación en sus ojos que supe que lucharía conmigo hasta lograr sus fines. Me dio muchos argumentos a los que no podía responder.

—Si Él ha escogido un instrumento endeble para desempeñar una gran tarea, Él suplirá la insuficiencia. Piensa como yo, Jane, confía como yo.

Yo sólo pensaba que el señor Rochester ya no estaba en Inglaterra y que me daba lo mismo donde vivir, pues sin él, todo estaba vacío. Podía irme a India como a cualquier parte. Pero había un punto terrible. Sabía que me obligaría a casarme con él y, ¿podría aceptar yo todos los aspectos del amor (que no dudo él observaría escrupulosamente) sin amarlo, sin sentirme amada? Podría ir, pero en calidad de hermana, no de esposa.

—Yo no comprendo la vida de un misionero —dije.

—Yo te ayudaré, yo estaré siempre a tu lado hasta que aprendas y puedas hacerlo sola.

—Pero no tengo cualidades para esta empresa. Mientras tú hablas nada brota en mi interior, no veo ninguna nueva luz, ninguna señal, ninguna voz interior que me aconseje o me conforte. ¡Tengo miedo de que me persuadas para intentar algo que es imposible realizar!

—Yo he venido observándote durante diez meses, te he puesto a prueba varias veces y he visto que puedes vencer cuando te propones. No tienes apego a las riquezas, puedes hacer cualquier trabajo, eres dócil, diligente, leal, constante y valiente. Confío en ti sin reservas. Como directora de escuelas indias y para ayudar a las mujeres tu colaboración me será inapreciable.

La persuasión avanzaba a paso lento y seguro. Me presentaba una labor concreta, y me gustaba. Aguardaba una respuesta y le pedí un cuarto de hora para reflexionar y lo aceptó. Se tendió en la roca y quedó inmóvil y callado.

"Reconozco que puede hacer de mí lo que quiera", reflexioné. "Al abandonar Inglaterra abandonaría un país amado pero vacío. El señor Rochester no está aquí, y si estuviera, ¿qué importancia puede tener para mí? Ahora he de vivir sin él. No puede haber nada más absurdo que vivir día tras día esperando un cambio imposible en las circunstancias que me permitiera reunirme de nuevo con él. Debo buscar otro interés en mi vida. Tal vez esta es una ocasión para llenar el hueco dejado por el amor perdido y las vanas esperanzas. Creo que tengo el deber de aceptar, sin embargo, tiemblo. Si me uno a Saint John renuncio a la mitad de mi ser, si voy a la India me dirijo a la muerte prematura. Él pretende mi entrega total. Para él el matrimonio no implica el amor. ¿Puedo soportar caricias que se dan por deber? Jamás. En calidad de hermana podré acompañarlo, pero no de esposa."

—Estoy dispuesta a ir a la India si puedo ir libre —dije.

—No entiendo —repuso.

—Sigamos siendo hermanos adoptivos y no nos casemos.

—No puede ser. No te puedo llevar como hermana si no lo eres. Hay razones prácticas. Piénsalo.

Lo medité y mi criterio me indicó que no nos amábamos como deben amarse los esposos y por consiguiente no podíamos casarnos, y así se lo dije.

—Tiene que ser como esposos, ya te lo dije. Has dicho que irías a la India conmigo, no lo olvides.

—Pero con esa condición.

—Pero diste el primer paso, aceptaste ir a colaborar conmigo a la India. Sólo tienes que tener un objetivo: cuál es el mejor modo de realizar el trabajo. Simplifica tus complicados intereses, tus pensamientos, deseos y propósitos y acepta la misión de tu Señor. Para cumplirla tienes que tener un esposo. Yo quiero una mujer en quien puedo influir eficientemente en su vida y retener absolutamente hasta la muerte.

Sus palabras me hicieron estremecer.

—Búscala en otra parte, Saint John. Yo al misionero le entregaré todas mis energías, pero no mi ser. Daré mi corazón a Dios, pero me quedaré con mi ser.

—¡Tienes que llegar a formar parte de mí! Debemos casarnos, ¿cómo es posible que yo, un hombre de apenas treinta años, me lleve conmigo a la India a una muchacha de veinte años a menos que sea mi esposa? Lo repito: no hay otra solución y sin duda al matrimonio se sucedería el suficiente amor para que la unión se nos aparezca perfecta incluso a nosotros.

—Desprecio tu idea del amor —dije, sin poder contenerme—, desprecio el falso sentimiento que me ofreces, y te desprecio a ti por ofrecérmelo.

Me miró fijamente. Sus bellas facciones me parecieron pavorosas; sus ojos eran brillantes y profundos, pero nunca dulces.

—No esperaba que me hablaras así —dijo con humildad.

—Perdona mis palabras —dije arrepentida—, pero tú has tenido la culpa, el solo nombre del amor es una manzana de la discordia entre nosotros. Olvida ese proyecto de matrimonio, que es imposible para mí.

—No —dijo—, es un proyecto largamente acariciado, el único que puede asegurar mi gran fin. Pero por el momento no te presionaré más. Mañana me voy a Cambridge, estaré ausente quince días. Toma ese tiempo para reflexionar sobre mi oferta. Piensa que por mediación mía Dios te abre una noble carrera a seguir y si la rechazas le ofendes a Él, no a mí. ¡Tiembla, porque los que han renegado de la fe son peores que los infieles!

Había terminado. Me volvió la espalda. Contempló el río y la colina una vez más. Pero en esta ocasión sus sentimientos quedaron confinados dentro de su corazón.

Regresamos. En el camino iba yo meditando en sus palabras y actitud. Vi que estaba contrariado, que como hombre habría deseado imponerme su voluntad, y que como cristiano me concedía un plazo para reflexionar.

Aquella noche, después de besar a sus hermanas, juzgó oportuno olvidarse incluso de estrecharme la mano antes de irnos a dormir. Aunque yo no sentía amor por él, sí sentía una gran amistad y me dolió su actitud. Salí detrás de él.

—Buenas noches, Saint John —dije.

—Buenas noches, Jane —dijo.

Y me dio la mano. ¡Qué sensación tan fría y distante produjeron sus dedos en los míos! Era imposible reconciliarse con él ni arrancarle una sonrisa amable ni una palabra generosa. Cuando le pregunté si me había perdonado, me respondió que nada había que perdonar puesto que no había recibido ofensa alguna.

Hubiera preferido que me diera un puñete.

# CAPÍTULO XXIX

No partió a Cambridge al día siguiente; demoró su marcha una semana más, durante la cual me hizo sentir qué castigo puede infligir un hombre bueno pero implacable a la persona que le ha ofendido. Sin una palabra de reproche logró hacerme entender que ya no tenía su amistad. Me había perdonado que le dijera que despreciaba su amor, pero no las palabras con que se lo dijera.

No dejó de hablar conmigo e incluso me llamaba como antes para estudiar juntos. Temo que el hombre corrompido que existía en su interior sentía un placer íntimo en demostrar que yo seguía con interés sus ideas. Para mí, en realidad, era una estatua de mármol; sus ojos eran dos gemas azules, heladas y relucientes, que apenas me miraban.

Esta situación me turbaba. Comprendí que si me casaba con él, este hombre bondadoso y puro no tardaría en matarme, sin necesidad de hacerlo físicamente, sólo con la dureza de su corazón. Se acentuó esta sensación cuando intenté reconciliarme con él. Comprendí que él no sentía ningún dolor a causa de nuestro distanciamiento y que no anhelaba mi amistad. Se portaba desacostumbradamente amable con sus hermanas, para que yo notara la diferencia de su actitud conmigo.

La noche anterior a su viaje a Cambridge, lo vi paseando por el jardín y, recordando que alguna vez me salvó la vida y que éramos parientes muy cercanos, me sentí impulsada a intentar por última vez la reconquista de su amistad. Salí y me acerqué a hablarle.

—Saint John, me siento muy triste porque todavía estás enojado conmigo. Seamos amigos.

—Espero que ya lo somos —respondió impasible, mientras observaba la salida de la luna.

—No, no es la misma amistad de antes, y tú lo sabes.

—Estás en un error. En lo que a mí se refiere, nada malo te deseo y en cambio quiero para ti todo el bien posible.

—Te creo, porque me consta que eres incapaz de desear mal a nadie; pero, puesto que soy tu prima, quisiera algo más que el aprecio que otorgas a cualquier desconocido.

—Tu deseo es razonable y te puedo decir que estoy muy lejos de considerarte una desconocida.

Lo dijo en tono tan tranquilo y frío, que me desconcertó. De haber seguido los dictados de mi orgullo, lo habría dejado ahí mismo, pero su amistad me era muy valiosa y decidí no cejar tan pronto en mi empeño por recuperarla.

—¿Hemos de separarnos así, Saint John? Y cuando te marches a la India, ¿te despedirás así, sin una palabra cariñosa?

Dejó de mirar la luna y se volvió a mí.

—¿Acaso me separaré de ti cuando me vaya a la India? ¡Cómo! ¿No vienes conmigo?

—Dijiste que no podía ir si no me casaba contigo.

—¿Y no lo harás? ¿Sigue firme tu decisión?

Qué terror saben imprimir estas personas frías a

sus preguntas glaciales. ¿Qué alud seguirá en la cascada de su enojo?

—No, no me casaré contigo. Podría ir, pero como tu auxiliar.

La avalancha se había iniciado ligeramente, pero todavía no se venía abajo.

—Una vez más, ¿a qué se debe esta negativa?

—Antes —respondí—, a que no me amabas. Ahora te contesto que porque casi me odias. Si me casara contigo me matarías. Ya me matas en estos momentos.

Se puso pálido.

—¿Te mataría, te estoy matando? ¿Qué palabras son esas? Son violentas, duras y falsas. Denotan un mal estado de ánimo. Merecen un severo reproche, pero debo perdonar a mi hermana.

Ya no me quedaba nada por hacer, pensé, no había perdón.

—Es inútil que pretenda reconciliarme contigo, veo que ahora me odiarás y que me he creado un enemigo eterno.

Estas palabras fueron un nuevo error mío, pero porque dieron en el blanco. Tembló de ira.

—No interpretes mal mis palabras, no quiero hacerte daño —dije cogiéndole una mano.

Sonrió con amargura y retiró la mano.

—Ahora olvidas tu promesa y me dices que no irás a la India, ¿me equivoco?

—Iré en calidad de auxiliar tuya.

Siguió un prolongado silencio. Por fin habló:

—Una auxiliar femenina que no es mi esposa jamás podría convenirme. Si te guía la sinceridad cuando dices que podrías ir a la India, hazlo sin mí. Así evitarás el deshonor de haber roto tu promesa.

—En este caso no hay deshonor ni promesas rotas. No pienso ir a la India con desconocidos, sólo habría ido contigo. Tengo miedo de esa vida, de ese clima.

—Ah, temes por ti —dijo frunciendo el ceño.

—Sí, creo que si fuera sería un suicidio pues no podría sobrevivir allá. Además, todavía no puedo resolver si abandono Inglaterra. Tengo una duda dentro del alma que debo disipar antes de tomar una decisión.

—¿Piensas ir en busca del señor Rochester?

Era cierto, y no se lo negué.

—Quiero saber qué ha sido de él.

—En ese caso —replicó—, sólo me queda rogar a Dios para que no te conviertas en una perdida. Creí que eras una elegida, pero comprendo que Dios no ve con los ojos del hombre.

Salió del jardín y se alejó por el valle. Muy pronto se perdió de vista.

Cuando entré en la casa encontré a Diana junto a la ventana.

—Jane —me dijo examinando mi rostro—, estás siempre preocupada y tienes tan mal color. ¿Qué te pasa? Dime que traman tú y Saint John. Perdona que los estuviera mirando, pero hay algo que me inquieta. Tú sabes que mi hermano es un ser tan raro... Pero desearía que te amara, ¿te ha pedido que te cases con él, Jane?

—Así es, me ha pedido que sea su mujer.

—¡Eso es precisamente lo que soñábamos Mary y yo! —exclamó Diana radiante—. Se casarán, ¿verdad? Y entonces se quedará en Inglaterra.

—Todo lo contrario, Diana. Su única intención para casarse conmigo es tener una compañera adecuada para sus tareas en India.

—¿Cómo? ¿Quiere llevarte con él a India?

—Sí.

—¡Qué locura! ¡No vayas, Jane! ¿No has aceptado, verdad?

—Me negué a casarme con él. Le dije que iría pero como su auxiliar y no es eso lo que él quiere.

—Y por lo tanto se enojó.

—Profundamente. Temo que no me perdone nunca.

—Me alegro que tuvieras el valor de rechazarlo. De modo que no lo amas, entonces.

—No como a un esposo. Sé que jamás lograríamos congeniar. Además, ¿crees que es posible encadenarse para toda la vida a un hombre que te considera únicamente como un instrumento útil para su labor?

—¡Intolerable!

—Saint John es un hombre bueno, pero olvida los sentimientos y derechos de los demás. ¡Aquí viene! Te dejo, Diana.

Y corrí escala arriba.

Pero me vi obligada a verlo de nuevo a la hora de la cena. Me habló con toda cortesía, pero en sus oraciones eligió textos en que se referían a lo que sería el castigo de los temerosos y descreídos. Finalmente suplicó fuerza para el débil de espíritu, guía para los descarriados, la vuelta al sendero angosto de aquellos a quienes las tentaciones del mundo y de la carne alejan del bien.

Más tarde nos despedimos, pues Saint John debía salir muy de mañana. Después de besarlo, Diana y Mary se fueron a sus dormitorios. Me acerqué a él para desearle buen viaje.

—Gracias, Jane —dijo—. Regresaré dentro de quince días, por consiguiente te queda tiempo para reflexionar. ¡Dios te dé fuerzas para elegir el buen camino!

¡Él seguía esperando que me casara con él! Había hablado con mucha dulzura; no tenía el aspecto de un enamorado contemplando a su amada, sino el de un pastor llamando a su oveja descarriada, o más bien el de un ángel de la guarda vigilando el alma de la que le han hecho responsable. Sentí veneración hacia él en ese momento. Me sentía tan dominada por mi primo como lo estuve antes por otro hombre.

Seguí inmóvil bajo su mirada. Lo Imposible —mi matrimonio con él— se convertía rápidamente en lo Posible. Una vez que él invocara la Religión, Dios, una vida dirigida a Él, vi la eternidad.

—¿Te es posible decidir ahora? —preguntó suavemente.

Me atrajo hacia él suavemente también. Podía resistir a la ira de Saint John, pero no podía resistir a su dulzura.

—Podría decidirlo ahora si estuviera segura —respondí—. Si tuviera la convicción de que es voluntad divina que me uniera a ti en matrimonio, ahora mismo juraría casarme, sucediera lo que sucediera.

—¡Mis oraciones han sido escuchadas! —exclamó Saint John.

Me rodeó con su brazo, casi como si me amara, digo casi porque yo sabía lo que era ser amada, y no era esto.

Yo anhelaba sinceramente hacer lo correcto. Luché en las tinieblas, desesperada. "¡Muéstrame el camino, Señor!", rogué al Cielo.

En la casa reinaba el silencio, pues creo que todos, excepto Saint John y yo, ya se habían acostado. La habitación estaba bañada sólo por la luz de la luna. Mi corazón latía como loco, podía oír sus palpitaciones. De improviso cesaron a causa de un sentimiento inexplicable, una sensación aguda, extraña y sobrecogedora. Era como si estuviera dormida y una fuerza desconocida me obligara a despertar. Mis ojos y mis oídos aguardaban expectantes, a la vez que la carne temblaba en mis huesos.

—¿Qué has oído?, ¿qué ves? —preguntó Saint John.

Nada vi, pero percibí en alguna parte una voz que gritaba: "¡Jane! ¡Jane! ¡Jane!"

—¡Dios mío! ¿Qué es? —exclamé.

Debiera haber dicho "¿Dónde está?", porque no procedía de la casa ni del jardín. Era imposible saber de dónde venía. Pero fue la voz de un ser humano, una voz amada, conocida, venerada en mi recuerdo, la voz de Edward Fairfax Rochester, y su tono expresaba una congoja profunda, un dolor violento e intenso.

—¡Ya voy! —grité—. ¡Espérame! ¡Oh, iré contigo!

Miré el corredor oscuro y salí corriendo al jardín que estaba vacío.

—¿Dónde estás? —exclamé.

Las lomas distantes repitieron el eco.

Seguí escuchando. El viento susurraba quedamente entre los abetos. Solo había soledad y quietud en la medianoche.

Me separé de Saint John que me había seguido y quería retenerme. Ahora yo tenía el poder, ahora era mi voluntad la que imponía el juego. Le prohibí que me dirigiera ninguna pregunta, le dije que quería estar sola. Me obedeció en seguida.

Subí a mi dormitorio y me dejé caer de rodillas para rezar, de una manera distinta a la de Saint John, pero igualmente eficaz. Cuando me levanté, había tomado una resolución. Me tendí en la cama, confortada con nuevos pensamientos y anhelando la llegada del nuevo día.

# CAPÍTULO XXX

Me levanté al amanecer. Dediqué un par de horas al arreglo de la habitación, dejando todo en orden para una breve ausencia.

Era el primer día de junio y sin embargo la mañana era fría y nubosa; la lluvia golpeaba con fuerza contra mi ventana.

Pensé que Saint John ya debía haber salido de la casa.

—Yo también saldré pronto, primo —pensé—. También he de ir a ver o a buscar a alguien antes de abandonar Inglaterra para siempre.

Cuando desayunábamos comuniqué a Diana y a Mary que iba a emprender un viaje y que volvería dentro de unos cuatro días.

—Quiero visitar a un amigo, o al menos obtener noticias suyas.

Se inquietaron de que viajara sola, sobre todo que creían que mi salud no estaba lo suficientemente firme como para viajar. Respondí que mi única dolencia era una profunda ansiedad que esperaba aliviar en breve.

Salí de Moor House a las tres y a las cuatro ya estaba al pie del poste de señales de Whitcross, aguardando la llegada del coche que había de llevarme al distante Thornfield. En el silencio de aquellos caminos solitarios y de aquellas montañas desiertas, oí que ya se acercaba. Era el mismo vehículo que, un año antes, me dejara en este mismo lugar, desesperada. Subí sin que en esta ocasión tuviera que desprenderme de toda mi fortuna para pagar el pasaje. De nuevo camino a Thornfield me sentí como la paloma mensajera cuando vuela de regreso al hogar.

Viajé treinta y seis horas. Salí de Whitcross un martes por la tarde y a temprana hora del jueves el coche se detuvo en una posada para alimentar a los caballos. ¡Qué hermoso me pareció el verde paisaje en comparación con los agrestes yermos de Morton! Conocía ese lugar; estaba segura de que pronto llegaría al término de mi viaje.

—¿Cuánto falta para llegar a Thornfield Hall? —pregunté.

—Dos millas, señora, si corta camino por los campos.

Descendí del coche, entregué al mozo de la posada un baúl para que lo guardaran hasta que yo lo solicitara, y me alejé caminando. La luz del nuevo día hizo relucir el rótulo de la posada, "Las Armas de Rochester". Mi corazón dio un vuelco. Me hallaba ya en tierras de mi señor. Eran los campos por los cuales corriera fuera de mí aquella mañana en que huí.

Pensé preguntar en la posada si el señor Rochester estaba en su casa, pero me asustaba recibir una respuesta que me hundiera en la desesperación.

No pregunté nada y me fui caminando. ¡Con qué rapidez avanzaba! ¡Y cómo corría a veces! ¡Con qué ansiedad fijaba la vista esperando vislumbrar las arboledas tan familiares! Por fin aparecieron. Sentí un goce peculiar y nuevos ánimos para seguir adelante. "Quiero ver la casa", me decía. "Tal vez está él en la ventana de su dormitorio, o tal vez lo encuentre paseándose en el huerto. ¡Ojalá lo viera aunque fuera sólo un momento!

Cuando me aproximaba a Thornfield, pensé que no sabía qué iba a hallar. Si mi señor estaba allí, ¿quién estaría a su lado? ¿Su esposa demente?, y ¿qué tenía que hacer yo en esa casa? ¿Qué haría al llegar? ¿Sería tan desatinada como para correr hacia él? No sé, no estoy segura.

Llegué frente a las verjas, entre dos pilares de piedra coronados por dos bolas de piedra también. Desde allí podía ver la fachada de la casa. Me acerqué temblando, dominada por una alegría tímida, miré la casa... y vi una mole en ruinas ennegrecidas.

Todo el jardín y el parque parecía un terreno yermo y desolado, la puerta estaba abierta, las ventanas no tenían cristales. No quedaban almenas ni chimenea, todo se había derrumbado. Se cernía sobre aquel lugar el silencio de la muerte, la soledad de un desierto. ¡Era inútil atisbar a las ventanas del dormitorio de mi señor! ¡Era innecesario estar alerta por si se abría alguna puerta! La fachada, tal como la viera una vez en sueños, era un muro derruido.

Por eso mis cartas no tuvieron respuesta. La horrenda negrura de las piedras revelaba el motivo de la destrucción de la mansión, un incendio. ¿Qué pasó? ¿Alguien perdió la vida en el siniestro? ¿Quién? ¿Dónde estaba el desventurado dueño de aquellas ruinas?

Regresé a la posada y rogué al hostalero que me hablara de Thornfield Hall. Temblaba esperando su posible respuesta.

—Yo viví allá, señora, fui mayordomo del último señor Rochester.

—¡El último! —dije con voz entrecortada—. ¿Ha muerto?

—Me refiero al padre del actual señor Rochester.

Respiré tranquilizada. ¡Qué palabras tan alentadoras! Pensé que podría escuchar todo lo que siguiera con relativa tranquilidad. Dado que él no estaba muerto, pensé que podría soportar la noticia de que se encontraba lejos.

—¿Vive actualmente en Thornfield el señor Rochester? —pregunté.

—No, señora, nadie vive ahora ahí. Usted debe ser forastera que no sabe lo que sucedió el otoño pasado. Thornfield está en ruinas debido a un incendio. ¡Fue una desgracia espantosa! Quedó destruida una inmensa fortuna, porque no se pudo rescatar nada. Se produjo a medianoche y antes de que llegara auxilio de Millcote, la casa se convirtió en una masa llameante. Era un espectáculo pavoroso. Yo lo presencié.

—¿Cuáles fueron las causas?

—Había una loca en la casa. La mantenían escondida, pero un día se supo que era la esposa del señor Rochester. Y se supo de un modo muy singular. Había en Thornfield una institutriz de la que el señor Rochester se enamoró...

Temí oír mi propia historia.

—Pero, ¿y el fuego? —le interrumpí.

—A eso voy, señora. Dicen que nunca se vio a nadie tan enamorado como el señor Rochester de la institutriz. Dicen que ella era casi una niña, pero todos la querían mucho. Bien, él quiso casarse con ella.

—Ya me lo contará en otra ocasión —dije—, pero ahora quiero saber del incendio. ¿Sospecharon que esa loca tuvo la culpa?

—Acertó, señora. Ella provocó la desgracia. Dicen que esta loca era muy astuta y que aprovechaba cuando su cuidadora, Grace Poole, se quedaba dormida por tanto licor que bebía. Entonces acostumbraba robarle las llaves y deambular por la casa haciendo maldades. Una vez incendió la cama de la institutriz, pero ella se había ido hacía dos meses. Pese a que el señor Rochester la buscó como a la joya más valiosa, jamás volvió a saber de ella. Entonces quiso quedarse solo; mandó a su pupila al colegio, a la señora Fairfax a vivir con unos amigos y se encerró en la mansión como un ermitaño.

—¿No se fue de Inglaterra?

—¡Válgame Dios, no! Sólo salía de la casa por la noche y merodeaba como un fantasma por el jardín y por el huerto.

—¿De modo que se encontraba en la casa cuando estalló el incendio?

—Así fue. Subió a los pisos superiores en un mar de llamas, sacó a los criados de sus lechos y los ayudó a bajar y volvió para sacar a su mujer loca de su celda. Pero ella estaba en el tejado, gritando desaforadamente. Yo la vi, era una mujer corpulenta, de cabello negro. El señor subió por el tragaluz hacia el tejado, vimos como se acercaba a ella, y entonces ella dio un alarido, saltó al vacío y se estrelló contra el suelo.

—¿Murió?

—Desde luego, y las piedras quedaron salpicadas con su sangre y sus sesos.

—¿Y después? —pregunté con ansiedad.

—La casa se vino abajo consumida por el fuego.

—¿Hubo que lamentar otras muertes?

—No, y acaso hubiera sido preferible que así fuera.

—¿Qué quiere decir?

—¡Pobre señor Edward! —exclamó el posadero—. Algunos dicen que es castigo por querer casarse cuando ya tenía mujer.

—¿Está vivo? —exclamé.

—Sí, vive, pero muchos piensan que mejor sería que hubiera muerto.

—¿Dónde está? —pregunté—. ¿En Inglaterra?

—Sí, está en Inglaterra, no puede moverse.

¡Qué agonía! El hombre parecía dispuesto a prolongarla.

—Está completamente ciego —dijo por fin—. Como no quiso abandonar la casa hasta que todos hubieran salido, cuando bajaba las escaleras se desmoronó todo. Lo sacaron vivo de debajo de las ruinas, pero estaba gravemente herido. Perdió un ojo y una mano resultó tan aplastada que el doctor Carter se la tuvo que amputar. Ahora está desvalido, ciego y lisiado.

Temí que se tratara de algo peor, que estuviera loco. Reuní fuerzas para seguir haciendo preguntas.

—¿Dónde vive ahora?

—En Ferndean, una mansión que posee a unas treinta millas de aquí, en un lugar desolado. Lo acompañan John y su esposa. Dicen que está muy deprimido.

—¿Tiene algún vehículo? —le pregunté ansiosa.

—Una silla de posta, señora.

—Ordene que la dispongan inmediatamente y que su cochero me conduzca a Ferndean antes de que oscurezca.

# CAPÍTULO XXXI

La mansión de Ferndean era un edificio muy antiguo, oculto en medio del bosque. El señor Rochester padre la empleaba como pabellón de caza, de modo que sólo dos o tres habitaciones estaban amobladas para recibir al dueño y sus amigos.

Llegué antes del anochecer, en una tarde de llovizna continua. Recorrí la última milla a pie, después de despedir al carruaje. Ni siquiera a esa corta distancia se divisaba la casa. La oscuridad natural, así como la de los árboles, me rodeaban. Pensé que me había equivocado de dirección y busqué otro camino, pero no había ninguno más. Todo era un emboscado de ramas entrelazadas.

Era realmente un "lugar muy desolado" como dijo el posadero.

Seguí adelante; por fin los árboles empezaron a realearse un poco y se hizo algo visible una casa de muros deteriorados. Pasé un portón y entré en un espacio sin flores ni plantas. Estaba todo en silencio, el único rumor audible era el sonido acompasado de la lluvia.

—¿Puede existir algún ser humano aquí? —me pregunté.

Sí, había vida allí. Se abrió lentamente la puerta principal, apareció una forma bajo la difusa luz del atardecer que se detuvo en el escalón. Era un hombre; extendió la mano hacia adelante como si comprobara si llovía o no. Lo reconocí: era mi señor Edward Fairfax Rochester.

El dolor me inmovilizó. Contuve el aliento y me dediqué a observarlo, por desgracia invisible a sus ojos.

Tenía el mismo aspecto fuerte y recio de antes; el porte igual de majestuoso, ni su cabello, siempre negro, ni sus facciones se habían alterado en el transcurso de un año de congoja. Pero advertí un cambio en su semblante: revelaba desesperación y reflexión, me recordó una fiera herida a la que hay que acercarse con cuidado. Pero yo no podía tenerle miedo. Sólo ansiaba besar esos labios apretados.

Extendió su mano derecha; la izquierda, que estaba mutilada, la ocultaba en el pecho. Se quedó quieto y mudo bajo la lluvia que ahora arreciaba. Después trató de andar, pero estaba desorientado. Regresó a tientas a la casa y cerró la puerta.

Esperé un rato y llamé. Me abrió Mary, la esposa de John, que no podía creer que era yo. Le pedí que enviara el coche a buscar mi baúl a la posada. Sonó la campanilla y ella preparó una bandeja con un vaso de agua.

—Deme la bandeja —dije—, yo se la llevaré.

Me temblaban las manos mientras me acercaba al saloncito, el corazón me latía fuertemente.

En el hogar ardía un fuego. Cuando entré, Pilot, su perro, dio un brinco y un gruñido y salió a mi encuentro.

—Dame el agua, Mary —dijo el señor Rochester—. Échate, Pilot.

Me acerqué a él con el vaso. Pilot siguió haciéndome fiestas.

—¿Eres tú, Mary, no es cierto?

—¿Quiere más agua, señor?

—¿Quién está ahí? ¿Quién habla?

—Llegué esta tarde, señor.

—¡Dios mío! ¿Qué sueño es éste? ¿Qué dulce locura se ha apoderado de mí?

—Ningún sueño, señor, ninguna locura. Su mente es demasiado lúcida para forjar sueños, y su vitalidad demasiado fuerte para desvaríos.

—¿Dónde está la persona que habla? ¿Es sólo una voz? No puedo ver, pero he de sentirla o mi corazón estallará.

Estiró la mano, la retuve y la aprisioné entre las mías.

—¡Son sus dedos! —exclamó—. ¡Sus dedos pequeños y finos! Entonces habrá algo más de ella.

La mano se liberó de mi custodia y tocó mi brazo, el hombro, el cuello, la cintura. Y me vi estrechada entre sus brazos.

—¿Eres Jane? Estas medidas corresponden a las suyas...

—Aquí la tiene toda entera, así como su corazón. ¡Dios lo bendiga, señor! Me alegra volver a estar tan cerca de usted.

—¡Jane Eyre! ¡Jane Eyre! —fue todo cuanto dijo.

—Mi querido señor, lo he encontrado, he vuelto a usted.

—¿En carne y hueso? ¿Mi Jane?

—Me toca usted, y me sostiene con bastante fuerza. Ya ve que no soy tan ligera como el aire, ¿no es cierto?

—¡Mi adorada Jane! Claro que es ella, pero es imposible que tenga esta dicha, después de tanta desgracia. Ha de ser un sueño como tantos que he tenido, cuando la estrechaba de nuevo contra mi pecho y la besaba como ahora.

—Jamás volveré a abandonarlo, señor.

—Bésame, Jane, abrázame.

Besé sus ojos una vez brillantes y ahora sin luz, aparté el cabello de su frente y la besé también.

—¿Eres tú en realidad, Jane? ¿Has vuelto a mí?

—Sí.

—¿No estás muerta ni vives entre extraños?

—No, señor, soy ahora una mujer independiente. Mi tío de Madeira ha muerto y me legó cinco mil libras.

—¡Ah! Eso sí que es práctico, es real —exclamó—. Además, esta es su voz tan irónica y dulce a la vez. Conforta mi corazón, le da vida. Así pues, Jane, ¿eres una mujer rica?

—Bastante rica, señor. Si no me deja vivir con usted, puedo edificar una casa junto a la suya y podrá venir a mi saloncito cuando desee compañía para pasar la tarde.

—Pero ahora que eres rica tendrás amigos que no te permitirán que te dediques a un ciego infeliz como yo.

—Le dije que soy independiente.

—¿Y te quedarás conmigo?

—Por supuesto, a menos que usted se oponga. Seré su vecina, su enfermera, su ama de llaves, su compañera, le leeré, pasearé con usted, lo cuidaré para ser sus ojos y sus manos. Nunca más estará solo mientras yo viva.

No respondió. Parecía abstraído; suspiró, abrió los labios como si fuera a hablar y volvió a cerrarlos. Me sentí incómoda. A lo mejor hice mi proposición con excesiva audacia. Lo hice pensando que él deseaba que fuera su esposa. Pero como no decía nada y su semblante se oscurecía, me escurrí de su abrazo. Pero me aprisionó con más fuerza.

—No te vayas, Jane. Mi alma entera te reclama, aunque me llamen egoísta.

—Me quedaré con usted, señor. Ya se lo dije.

—Sí, pero tú entiendes una cosa al quedarte a mi lado, y yo entiendo otra. Supongo que lo que tú me ofreces debería bastarme, pues soy un ciego inválido.

Volvió a ensombrecerse su semblante. Yo, en cambio, sentí renovada alegría, pues sus palabras me revelaron la única dificultad existente y me sentí liberada.

—Ya es tiempo que alguien se ocupe de humanizarlo de nuevo —dije, alisando su pelo—, pues parece un león.

—En este brazo no tengo mano —dijo mostrándomelo—, sólo un horrible muñón.

—Inspira piedad, igual que sus ojos y la cicatriz de la frente. Y corro peligro de amarlo exageradamente. Ahora déjeme avivar el fuego. ¿Se da cuenta cuando hay un buen fuego?

—Sí, con el ojo derecho percibo un resplandor.

—¿Puede verme?

—No, mi amor, pero me basta con escucharte y tenerte a mi lado.

Entró Mary trayendo una cena para nosotros. Yo estaba excitada y durante la comida y después le hablé larga y animadamente. No podía contener mi alegría; en su presencia volvía a vivir plenamente, y él también. Estaba ciego, pero apareció una sonrisa en su rostro, la alegría suavizó las líneas de su frente, y su rostro se dulcificó.

Me hizo gran número de preguntas, dónde había estado, con quién, cómo lo había encontrado. Respondí sólo algunas, era demasiado tarde para entrar en detalles, y no quería hacer vibrar sus tristes recuerdos.

—¿Eres un ser humano, Jane, estás segura?

—Lo creo firmemente, señor Rochester.

—Sin embargo, ¿cómo es posible que surgieras tan de improviso en este lugar apartado, en una noche tan oscura? Alargué la mano para tomar un vaso de agua y fuiste tú quien me lo dio. Hice una pregunta esperando que me contestara la mujer de John, y resonó en mi oído tu voz.

—Porque yo le traje la bandeja en lugar de Mary.

—¿Cómo expresar la vida sombría, desesperada, que he arrastrado en estos últimos meses? Sin hacer nada, sin esperar nada. Sin distinguir la noche del día, sólo sentía frío si no había fuego, o hambre si se me había olvidado comer. Y siempre una pena constante y un deseo delirante de tener a mi Jane de nuevo. ¿Es posible que Jane esté junto a mí y diga que me ama? ¿No se irá mañana, así como llegó?

Una respuesta práctica era, estaba segura, lo mejor y más conveniente para su estado de ánimo. Pasé los dedos por sus cejas chamuscadas.

—¿Tiene una peineta, señor? Quiero peinar esa alborotada melena negra, porque tiene un aspecto atroz, señor, peor del que siempre ha tenido. He vivido con personas muy distinguidas y me he acostumbrado al refinamiento.

—¡Vaya! Tu ausencia no te ha privado de tu mordacidad. Eres burlona y voluble, medio hada y medio persona. Me haces sentir como no me he sentido en estos doce meses.

—Bien, señor, ya está arreglado. Ahora lo dejaré, porque llevo tres días viajando y estoy cansada. Buenas noches.

—Un momento, Jane, dime: ¿había sólo mujeres en ese lugar donde estuviste?

Me eché a reír y corrí escaleras arriba, alborozada. "Ya tengo un medio de sacarlo de su melancolía", pensé.

Al día siguiente muy temprano lo sentí caminar de una habitación a otra. Oí que le preguntaba a Mary: ¿Está aquí la señorita Eyre? ¿Le dieron una buena habitación? ¿Se habrá levantado ya? Vaya a preguntarle si quiere algo y también cuándo bajará.

Bajé en cuanto estuve lista y entré en el saloncito, sin que él me sintiera. Estaba sentado en un sillón, intranquilo, parecía esperar algo. Me conmovió profundamente la impotencia de ese hombre tan fuerte. No obstante, me acerqué a él con la mayor alegría posible.

—Hace una mañana magnífica, señor —dije—. Cesó la lluvia y luce el sol tibio y agradable. Pronto podrá dar un paseo.

Su semblante se iluminó.

—¡Es cierto que estás aquí, amor mío! ¿No has desaparecido? Todo el sol y la belleza de la tierra brillan cuando oigo la voz de mi Jane.

Tuve que tragar las lágrimas que me producía esta confesión de su dependencia, pues no quería demostrar ninguna sensiblería.

Tomamos desayuno y después lo llevé al bosque. Nos sentamos en un lugar apartado sobre el tronco de un árbol. ¡Nos sentíamos tan felices juntos!

—¡Desertora cruel! —dijo estrechándome entre sus brazos—. No sabes lo que sentí al descubrir que habías huido de Thornfield y que no te habías llevado nada, ni siquiera el collar de perlas que te regalé. Me preguntaba qué podía hacer mi adorada pequeña sola y sin dinero. Cuéntame qué hiciste.

Le conté algo de mi historia del pasado año, pero lo poco que supo hizo sufrir su noble corazón. No debería haberlo dejado, dijo, debía habérselo dicho, debía haber confiado en él. Él jamás me habría obligado a convertirme en su amante. Me amaba demasiado y con demasiada ternura para imponerse.

—Mis padecimientos fueron breves —le dije.

Y le hablé de mi vida en Moor House, mi puesto de maestra de escuela, la obtención de la fortuna y el descubrimiento de mi parentesco con los Rivers. Naturalmente, el nombre de Saint John Rivers intervino con frecuencia en mi narración. Cuando terminé, lo único que preguntó fue:

—Luego ese Saint John, ¿es tu primo?

—Sí.

—Hablas mucho de él. ¿Te gustaba?

—Era un hombre muy bueno, era imposible que no me gustara.

—¿Un buen hombre? ¿Un hombre de unos cincuenta años, bien educado, respetable, de baja estatura, flemático y vulgar?

—Saint John tiene veintinueve años, señor; es cortés y caballeroso, apuesto, alto, rubio y de ojos azules.

—¡Maldito sea! —exclamó—. ¿Te gustaba, Jane?

—Sí, señor, pero ya me lo preguntó antes.

Los celos se habían apoderado de él. Era una punzada beneficiosa para él, pues lo sacaban de su melancolía, y ese era mi objetivo.

—Tal vez no desea usted seguir sentada junto a mí, señorita Eyre —dijo.

—¿Por qué no, señor Rochester?

—El retrato que acaba de esbozarme sugiere un contraste excesivamente abrumador. Un Vulcano como yo, y por añadidura ciego e inválido, no puede competir con ese Apolo.

—No lo había pensado, señor, pero en realidad se parece usted a Vulcano.

—Bien, puede usted marcharse, madame, pero antes de dejarme —y me retuvo con más firmeza que nunca—, se servirá contestar un par de preguntas.

—¿Cuáles, señor Rochester?

—¿Saint John te hizo maestra de su escuela antes de saber que eras su prima?

—Sí.

—¿Te visitaba a menudo?

—A diario.

—Probablemente descubrió en ti muchas cosas que no esperaba encontrar, ¿no es cierto?

—No lo sé, señor.

—¿Pasaba mucho tiempo con su familia?

—Sí, él se sentaba cerca de la ventana a estudiar y nosotras junto a la mesa.

—¿Qué estudiaba?

—Indostaní.

—¿Y te enseñó indostaní?

—Sí.

—¿Para qué? ¿De qué puede servirte el indostaní?

—Tenía el propósito de que lo acompañara a la India.

—¡Ah! Ya llego al fondo del asunto. ¿Quería casarse contigo?

—Me lo pidió, sí, señor.

—Eso es mentira, lo inventaste para mortificarme.

—Es la pura verdad, me lo pidió en más de una ocasión.

—¿Por qué sigues sentada junto a mí, si te pedí que te levantaras?

—Porque estoy muy cómoda aquí.

—No es cierto, tu corazón está con ese primo tuyo. Vete con él. ¡Jamás se me ocurrió pensar que mientras yo lloraba por ti, ¡tú amabas a otro! Pero no soy un tonto. Vete, cásate con ese Rivers.

—Él nunca será mi esposo. Él no me ama ni yo tampoco. No es como usted, señor. No me siento feliz a su lado, y él no veía ningún atractivo en mí. Así, pues, ¿he de abandonarlo a usted, señor, para acudir a él?

Me estremecí involuntariamente y me apretujé instintivamente contra mi ciego y bienamado señor. Él sonrió.

—¡Jane! ¿Es cierto eso?

—Sí, señor. No debe tener celos. Todo mi corazón es suyo, señor, y se quedará para siempre a su lado.

Mientras me besaba, se volvió a oscurecer su semblante.

—¡Mi vista perdida! —murmuró tristemente—. ¡Mis fuerzas vencidas!

Lo acaricié para consolarlo. Sabía en qué pensaba. Vi que una lágrima resbalaba por su mejilla. Me sentí hondamente conmovida.

—No soy mejor que el viejo castaño abatido por el rayo en el huerto de Thornfield —dijo luego—. ¿Con qué derecho aquella ruina podría pedir a una madreselva que cubriera su decadencia con su frescura?

—Usted no es ninguna ruina, señor, ningún árbol abatido por el rayo. Usted es verde y fuerte. Las plantas brotarán a su alrededor, lo pida usted o no, porque a ellas les gusta buscar amparo a su sombra bienhechora.

Volvió a sonreír. Mis palabras lo consolaban.

—Jane, ¿quieres casarte conmigo? ¿Con un pobre ciego?

—Sí, señor.

—¿Con un inválido veinte años mayor que tú, a quien tendrás que cuidar?

—Sí, señor.

—¡Dios te bendiga!

—Señor Rochester, ser su esposa significa para mí alcanzar la máxima felicidad en la tierra.

—Dentro de tres días nos casaremos, Jane. No te preocupes de vestidos ni de joyas, todo eso no importa nada ahora.

Hablaba con vehemencia, renacía su antigua impetuosidad.

—Supongo que me crees ateo, pero mi corazón rebosa gratitud hacia el buen Dios. Él no ve como los humanos, no juzga como el hombre, sino con mucha mayor justicia. Obré mal; yo habría marchitado tu pureza, y por eso te perdí. En mi estúpida rebeldía llegué casi a maldecir su sentencia; en lugar de someterme, la desafié. Y me castigó. Sus castigos son eficaces. Sabes que me sentía orgulloso de mi fuerza, pero, ¿qué fuerza tengo ahora, cuando debo dejarme guiar como un niño? Hace poco empecé a reconocer la mano de Dios en mi destino. Comencé a sentir remordimiento y deseos de reconciliarme con mi Creador. Recé, oraciones breves, pero sinceras. Fue hace justo cuatro días. En la noche le supliqué a Dios que si tú estabas muerta me llevara a mí también a ese lugar donde todavía tenía la esperanza de reunirme contigo. Estaba en mi dormitorio, sentado junto a la ventana abierta. Pese a que no podía ver las estrellas, mediante un vago resplandor advertía la presencia de la luna. ¡Quise tenerte a mi lado, Jane, te añoré! Reconocí que todo lo que me abrumaba era merecido, pero te necesitaba. De mis labios escapó involuntariamente este llamado: ¡Jane! ¡Jane! ¡Jane!

—¿Lo dijo en voz alta?

—Sí, lo dije con furiosa energía.

—¿Y eso fue hace cuatro días, o sea el pasado lunes por la noche, cerca de la medianoche?

—Sí, pero lo que sigue es verdaderamente extraño. Creerás que soy supersticioso, pero después de mi grito, una voz (que no sé de dónde venía, pero sí de quién era) replicó: "Ya voy, espérame". Y un instante después el viento me trajo estas palabras: "¿Dónde estás?". Parecía que las palabras fueron pronunciadas entre montañas, pues percibí un eco. Me imaginé que en algún lugar estábamos juntos Jane y yo. Creo que en ese momento nos reunimos en espíritu.

Me estremecí. Fue la noche de ese lunes cuando recibí la misteriosa llamada, y esas fueron las palabras que dije en respuesta. No quise decirle nada para no impresionarlo.

Me levanté, él se puso de pie y oí que decía, como terminando una oración interior:

—¡Doy gracias a mi Creador, porque, en su castigo, ha recordado mostrarse misericordioso! Ruego humildemente a mi Redentor que me dé fuerzas para llevar en adelante una vida más pura que hasta ahora.

Extendió su mano para que lo guiara. Tomé aquella mano querida y la besé. Él la apoyó en mi hombro, pues como era mucho más baja que él, le servía de apoyo. Así nos dirigimos hacia la casa.

# CAPÍTULO XXXII

Nos casamos en una ceremonia muy íntima, sólo él y yo, el sacerdote y el sacristán.

Al día siguiente escribí a Moor House y a Cambridge. Diana y Mary celebraron el acontecimiento y anunciaron una pronta visita. Saint John no me contestó, sino que unos seis meses después me escribió sin aludir a mi matrimonio y continuamos una correspondencia regular, pero no muy frecuente.

Visité a Adèle en su colegio, y me recibió con grandes muestras de cariño. Cuando terminó sus estudios, volvió a casa y fue para mí una compañera muy cariñosa, bondadosa y de excelentes principios.

Ahora, al terminar mi relato, llevo ya diez años de matrimonio. Sé lo que es vivir enteramente por y con el ser que más amo en la tierra. Soy inmensamente feliz estando unida a Edward en cuerpo y alma. Nos entretenemos tanto, como siempre, pues nos conocemos profundamente. Estar juntos significa para nosotros sentirnos tan libres como si estuviéramos a solas. Conversamos todo el día; hablarnos el uno al otro es como hacer más animado un pensamiento personal.

El señor Rochester siguió ciego los dos primeros años. Tal vez fue esa circunstancia lo que más nos unió, pues él veía la naturaleza y leía los libros que le gustaban a través de mis ojos. Nunca se sintió humillado por tener que pedirme un servicio, al contrario, me amaba con tal profundidad y sabía que yo lo amaba tanto que no tenía dudas de que atenderlo era mi mayor felicidad.

Cierta mañana se acercó a mí y me dijo:

—¿Llevas algo brillante en el cuello? ¿Y estás vestida de azul?

Así era. Entonces me contó que desde hacía días tenía la impresión de que la oscuridad se hacía menos densa, pero no se atrevía a esperanzarse.

Fuimos a Londres a consultar con un especialista famoso. Con el tiempo recobró la vista de su ojo derecho. Ahora ve muy bien, puede leer y escribir, con prudencia, por supuesto, pero puede andar sin la ayuda de nadie. Y pudo ver que su primer hijo había heredado de él sus grandes ojos negros.

Edward y yo somos felices. Diana y Mary se casaron y nos visitan una vez al año. Saint John Rivers está en la India y vive entregado a la tarea que siempre anheló. No lo volveré a ver, y algún día sabré que Dios lo ha llamado a su lado, y que será feliz.

# SUGERENCIAS PARA UNA LECTURA INTERACTIVA. *JANE EYRE*

## I. APROXIMACIÓN A LA NOVELA

Escoge siete preguntas al azar y coméntalas con tus compañeros.

1. Describe a Jane Eyre al principio y al final de la novela.

2. ¿En qué época está ambientada esta historia? Fundamenta.

3. ¿Cuánto tiempo abarca esta novela?

4. Inventa un título más sugerente para esta apasionante historia.

5. Relaciona cada lugar con un hecho importante acaecido en él:

   a) Lowood _____ .

   b) Thornfield Hall _____ .

   c) Whitcross _____ .

   d) Moor House _____ .

6. ¿Por qué Edward Rochester mantenía oculta a Bertha Mason y en qué momento se hace pública su existencia?

7. ¿Con qué argumentos pretendió Rochester retener a Jane después de la frustrada boda?

8. ¿Qué valores humanos demuestra Jane al rechazar a Rochester aun amándolo?

9. ¿Quiénes auxiliaron a Jane Eyre después de su huida de Thornfield Hall y cómo?

10. ¿Cuáles eran los grandes ideales de Saint John?

11. ¿Quién y cómo descubrió la verdadera identidad de Jane Elliot?

12. Explica el sentido de esta cita relacionándola con el contexto de la obra:

"¡Qué maravilloso descubrimiento para una infeliz solitaria, la familia que me recibió en su casa cuando me moría de hambre era mi familia! ¡Eso sí que era una fortuna! Me sentí dichosa".

13. ¿Qué destino le da Jane Eyre a su inesperada herencia y por qué razones?

14. Explica claramente el parentesco que une a Saint John y Jane Eyre.

15. ¿En qué circunstancias se reencuentran Rochester y Jane Eyre?

16. Comenta el final de la novela aclarando lo que sucedió con los personajes principales y su realización personal.

17. Investiga la biografía de la autora y observa qué similitudes podemos apreciar entre su vida y su obra.

## II. SELECCIÓN MÚLTIPLE

Lee atentamente las preguntas y marca la alternativa que responde correctamente la interrogante.

1. ¿Cuál de estos personajes influyó negativamente en Jane Eyre?
   a) Señorita Temple.
   b) Helen Burns.
   c) Señora Fairfax.
   d) Señor Brocklehurst.

2. ¿Cuál de estas afirmaciones es falsa en relación a Helen Burns?
   a) Fue una gran amiga para Jane.

b) Su carácter difícil la aislaba de sus compañeras.
c) Enfermó gravemente de tisis.
d) Tenía una gran fe en Dios.

3. La señorita Adèle Varens.
   a) Siente un gran afecto por el señor Rochester.
   b) No acepta a Jane como institutriz.
   c) Sufre angustiosamente la pérdida de su madre.
   d) Ninguna de las anteriores.

4. "Era un hombre joven de unos 28 a 30 años, alto, esbelto, de rostro atractivo. Tenía ojos grandes y azules, con pestañas oscuras, y el pelo rubio. Pero no tenía una personalidad plácida, como podría parecer, sino que se veía en él cierta inquietud y dureza."
   La descripción citada corresponde a:
   a) El señor Rochester.
   b) El señor Saint John.
   c) Mason.
   d) Señor Wood.

5. Edward Rochester contrajo matrimonio con Bertha Mason.
   a) Profundamente enamorado de su belleza.
   b) En extrañas circunstancias.
   c) Instigado por su hermanastro.
   d) Siguiendo una orden de su padre.

6. Jane Eyre se aleja de Rochester porque:
   a) No está segura de sus sentimientos.
   b) Se siente defraudada y engañada por él.
   c) Tiene pánico de encontrarse con Bertha Mason.
   d) Ninguna de las anteriores.

7. Cuando Jane Eyre se entera de la cuantiosa herencia que recibirá reacciona:
   a) Con gran generosidad.
   b) Con prudencia y cautela.
   c) De una forma práctica y fría.
   d) Lamentándose por las miserias pasadas.

8. *Jane Eyre* es una novela romántica porque:
   a) Muestra la dura vida de una huérfana.
   b) Tiene una narradora protagonista y personal.
   c) Deja muchas enseñanzas a los jóvenes.
   d) Su tema es la vida sentimental de una joven.

## III. VERDADERO O FALSO

Marca con una V las afirmaciones verdaderas y con una F las falsas.

1. ____ La señora Reed jamás apreció a su sobrina Jane.

2. ____ Jane Eyre era una joven inteligente, pero débil de carácter.

3. ____ Adèle vivía a cargo de su padre, el señor Rochester, después de la muerte de su madre.

4. ____ La permanencia de Jane en el internado fue una etapa de gran soledad y tristeza.

5. ____ Grace Poole era la guardiana de Bertha Mason.

6. ____ Para Jane Eyre el señor Saint John era sólo un buen amigo.

7. ____ Durante su estadía en Moor House Jane se desempeñó como maestra en una escuela parroquial.

8. ____ La ceguera del señor Rochester le impidió conocer a su pequeño hijo.

9. ____ Después de duras pruebas, Jane encuentra la felicidad que se merece junto al hombre que ama.

## IV. EXPRESIÓN PERSONAL

1. Dibuja el principio, medio y final de la novela en unos afiches y titula cada una de esas etapas.

2. ¿A quiénes le recomendarías esta novela y por qué?

3. Comenta el problema de Bertha Mason, ¿qué solución o tratamiento sicológico crees tú que hubiera tenido hoy día?

4. ¿Te parece que Jane Eyre representa los valores de la joven de hoy? ¿Por qué?

5. Realicen un debate para aclarar si la actuación de Edward Rochester al querer casarse con Jane, estando su esposa enferma viva todavía, es una opción correcta o incorrecta moralmente. Recuerda defender tus ideas con razones y argumentos.

## V. SINÓNIMOS

En las siguientes oraciones reemplaza la palabra destacada por un sinónimo:

a) La respuesta **habitual** de Diana y Mary era un suspiro **apesadumbrado**.

_____

b) Comenzó su prédica con calma, **apaciblemente**, pero era un fervor **vehemente** que difícilmente lograba controlar.

_____

c) Me sentía todavía **acongojada** por mi ídolo roto.

_____

d) Dios me **indujo** a hacer la elección correcta.

_____

e) Sus padres, la mayoría granjeros, me **colmaron** de atenciones.

_____

f) Traté de descifrar los caracteres **enmarañados** y las **floridas** frases de un escriba indio.

_____

g) **Reprimí** mis sollozos con fuerza.

# SOLUCIONES

II. *Selección múltiple*

1. d     5. d
2. b     6. d
3. d     7. a
4. b     8. d

III. *Verdadero o Falso*

1. V     4. V     7. V
2. F     5. V     8. F
3. F     6. V     9. V

# ÍNDICE

*Nota sobre la autora* . . . . . . . . . . . . . . . . . . . . . . . 5
Capítulo I . . . . . . . . . . . . . . . . . . . . . . . . . . . . . 9
Capítulo II . . . . . . . . . . . . . . . . . . . . . . . . . . . . 15
Capítulo III . . . . . . . . . . . . . . . . . . . . . . . . . . . 18
Capítulo IV . . . . . . . . . . . . . . . . . . . . . . . . . . . 20
Capítulo V . . . . . . . . . . . . . . . . . . . . . . . . . . . . 23
Capítulo VI . . . . . . . . . . . . . . . . . . . . . . . . . . . 29
Capítulo VII . . . . . . . . . . . . . . . . . . . . . . . . . . . 38
Capítulo VIII . . . . . . . . . . . . . . . . . . . . . . . . . . 44
Capítulo IX . . . . . . . . . . . . . . . . . . . . . . . . . . . 54
Capítulo X . . . . . . . . . . . . . . . . . . . . . . . . . . . . 63
Capítulo XI . . . . . . . . . . . . . . . . . . . . . . . . . . . 70
Capítulo XII . . . . . . . . . . . . . . . . . . . . . . . . . . . 76
Capítulo XIII . . . . . . . . . . . . . . . . . . . . . . . . . . 87
Capítulo XIV . . . . . . . . . . . . . . . . . . . . . . . . . . 96
Capítulo XV . . . . . . . . . . . . . . . . . . . . . . . . . . 105
Capítulo XVI . . . . . . . . . . . . . . . . . . . . . . . . . . 118
Capítulo XVII . . . . . . . . . . . . . . . . . . . . . . . . . 131
Capítulo XVIII . . . . . . . . . . . . . . . . . . . . . . . . . 137
Capítulo XIX . . . . . . . . . . . . . . . . . . . . . . . . . . 148

Capítulo XX . . . . . . . . . . . . . . . . . . . . . . . . . . . . . 160

Capítulo XXI . . . . . . . . . . . . . . . . . . . . . . . . . . . . 169

Capítulo XXII . . . . . . . . . . . . . . . . . . . . . . . . . . . 180

Capítulo XXIII . . . . . . . . . . . . . . . . . . . . . . . . . . 193

Capítulo XXIV . . . . . . . . . . . . . . . . . . . . . . . . . . 203

Capítulo XXV . . . . . . . . . . . . . . . . . . . . . . . . . . . 211

Capítulo XXVI . . . . . . . . . . . . . . . . . . . . . . . . . . 220

Capítulo XXVII . . . . . . . . . . . . . . . . . . . . . . . . . 226

Capítulo XXVIII . . . . . . . . . . . . . . . . . . . . . . . . . 238

Capítulo XXIX . . . . . . . . . . . . . . . . . . . . . . . . . . 255

Capítulo XXX . . . . . . . . . . . . . . . . . . . . . . . . . . . 263

Capítulo XXXI . . . . . . . . . . . . . . . . . . . . . . . . . . 270

Capítulo XXXII . . . . . . . . . . . . . . . . . . . . . . . . . . 284

*Sugerencias para una lectura interactiva*. Jane Eyre . . 287

11/16 (15) 12/13